ちくま文庫

パレスチナ詩集

マフムード・ダルウィーシュ
四方田犬彦 訳

筑摩書房

THE PALESTINIAN POETRY COLLECTION by Mahmoud Darwish

パレスチナ詩集　目次

パレスチナ詩集

道のなかにさらなる道

道のなかにさらなる道。さらなる旅立ちの機会。
河を横切るため、多くの薔薇を河に投げる。
寡婦たちは誰一人、戻りたくないという。だからわれらは行く、嘶く馬
　の北にむかって。
忘れ物はないか。来たるべきわれらの思考の誕生にふさわしい、ささや
　かなものは。
きみは昨日の話をする。ごらんよ、わたしは鳩の歌に自分の姿を見る。
わたしは鳩の首飾り[*1]を手に、見捨てられた無花果《いちじく》の木に笛の音を聴く。

わが憧れ、何もかもへの嘆き。憧れはわたしを射ぬく。殺す者としてか、
　殺される者としてか。
道のなかにさらなる道。そのなかにもさらに。だから歩くのだ。
わたしはここから来た。わたしはそこから来た。でも、ここにも、そこ
　にもいない。
多くの薔薇を投げることになるな、ガリラヤの薔薇に手が届くまでには。

この大地にあって

この大地にあってまだ生に値するもの、
四月の躊躇《ためら》い、夜明けのパンの匂い、女から見た男の品定め、アイスキュロスの作品、
愛の始まり、石の上の雑草、笛の悲しみに生きる母親、侵略者の記憶への恐れ。

この大地にあってまだ生に値するもの、

九月の最後の日、四十を過ぎて杏《あんず》の実が熟れきった女、獄舎に陽が差し
込む時間、生きものたちを真似る雲、
微笑を浮かべ死に向き合う者への賞賛、独裁者の歌への恐怖。

この大地にあってまだ生に値するもの、
女なる大地、すべての始まりと終わりを司る大地。かつてパレスチナと
呼ばれ、のちにパレスチナと呼ばれるようになった。
わがきみよ、汝がわがきみであるかぎり、われに生きる価値あり。

また野蛮人がやって来る

また野蛮人がやって来る。皇帝の妻は勾引《かどわ》かされる。太鼓が高く打たれる。馬どもが屍《しかばね》を跳び越え、エーゲ海からダーダネルス海峡まで走るために、太鼓は打たれる。だから、どうだというのだ。馬の駆け競べが、妻たちにどう関係があるのか。

皇帝の妻は勾引かされる、太鼓は高く打たれ、また野蛮人がやって来る。野蛮人は町の空虚に気付く。海よりもわずかに高く、狂気のときにあって剣よりも強い町の。だから、どうだというのだ。この不逞《ふてい》の輩《やから》が、子供たちにどう関係があるのか。

太鼓が高く打たれ、また野蛮人がやって来る。皇帝の妻は寝所から引き出される。皇帝は寝所から軍に檄を飛ばし、愛人の奪還を命じる。われらにどうしろというのだ。このつかの間の結婚のことなど、五万の犠牲者にどう関係があるのか。

われらの後にもホメロスは生まれてくるのだろうか……万人のために、
　神話は扉を開いてくれるだろうか。

死んでいるわたしが好き

連中が好きなのは死んでいる、このわたし。「彼はわれわれの仲間、われわれのものだった」というために。

二十年の間、わたしは夜の壁越しに彼らの足音を聞いてきた。

扉も開けないくせに、ほら、連中は今もここにいる。三人の姿が見える。

詩人、殺し屋、本の読者。

「ワインでもいかがですか」とわたしは尋ねた。

「どうも」と連中。

「わたしをいつ撃つおつもりですか」

「まあまあ」

連中はグラスを一列に並べて、人々のために歌いだした。

「殺人って、いつ始めるのですか」

「もう始めてるよ……なぜまた魂に靴を送りつけたりしたのかね」

「そのほうが、靴が地上の表面を勝手に歩けるでしょ」

「地上の暗さは性質《たち》が悪いですな。なぜあんたの詩はこう白いのかね」

「心が三十もの海でいっぱいだからですよ」

「フレンチ・ワインが好きなんだね」

「どうせ好きになるなら一番綺麗な女と決めてるので」

「どんな風に死ぬのが好きかね」

「青、窓から溢れ落ちた星々のように。ワインもう少し、いかがですか」

「いただきましょうかね」

「お時間はいいんですか。殺すならゆっくりお願いします。

わが心の妻のために最後の詩を書いてやりたいので」連中は笑い、

わたしから、心の妻に献げるはずの言葉だけを取上げた。

山裾の上、海よりも高く、彼らは眠った

山裾の上、海よりも高く、杉の木よりも高く、彼らは眠った。
鉄の空がその記憶を消し、鳩が去ってゆく、
彼らの人差し指の方角へ、その千切れた軀から東にむかって。
許されていないのか。水に映る月に、自分の名前のバジリコを投げたり、
闇を払うために苦いオレンジの木を溝に植えることが。

彼らは眠る、空間の極限で、言葉が石と化す山裾で。

彼らは眠る、不死鳥の骨から切り出された石のうえで。
われらの心は近いうちに、彼らを祝う祭に達するだろう。
われらの心は場所を盗むだろう、鳩が最初の大地に戻れるように。
おお　われらの内にあって大地の果てに眠る同胞《はらから》よ、汝に平安あれ！
平安あれ。

あそこに夜が

あそこに瀝青の黒が……あそこに少なくなった薔薇が。
道は以前にまして分岐を続ける。平野は深く裂け、
山裾は倒れかかってくる。傷口が大きく開く。身内は逃げ出す。
殺された者は、殺された者の眼を忘れようと別の者を殺し、安堵する。
前にはわからなかったことがわかる。われらの前に次々と深淵が口を開く。
部族が崇拝する、滅びの民の肌に烙印した考えを受け入れるとき。
われらは見届ける、皇帝たちが権力を誇示しようと、小麦の粒に刻みつ

けた名前を。

われらに変化はないのか。男たちは剣の教えに従い
血を撒き散らす。さあ、砂を積み上げようではないか。
女たちは股の間にあるものを信じ、その教えに従う。
影を縮ませようではないか。

けれどもわたしは歌の径を行く。たとえわたしの手持ちの薔薇が少なく
なろうとも。

アデンに行った

夢に先駆けてアデンに行った。
月が鴉の翼を輝かせていた。海を見た。
誰がために海は鐘を鳴らすのか。われらが未来のリズムを聴けるように
か。

歴史に先駆けてアデンに行った。イエメン人がイムルウ・ル・カイス[*2]の
運命を嘆き、

映像を消し去り、カートの葉を噛んでいた。
友よ、われらが現代のカエサルの後を追う身だと、わかっていたのか？

貧しさの極みなる苦行僧の天国に行った。岩に窓を穿つためだ。
友よ、われらは部族に包囲されている。不運に襲われている。
なのにわれらは木々のパンと敵のパンを交換することをしなかった。

それでもわれらは夢を信じ、この故郷を疑う資格を与えられているというのか。

敵が遠ざかると

敵はわしらの小屋でお茶を飲み、
煙の馬をもつ。敵の娘は
眉毛が濃く、眼が茶色で、
長い髪を肩のところで編んでいる、
歌の夜のように。

彼はお茶を飲みにくるとき

いつも娘の写真をもってくるのだが、
娘の夜の仕事の話はしない、
丘の上に置きざりにした
古代の旋律の馬のことも。

わしらの丸太小屋で寛ぎながら、敵は
祖父の椅子にライフルを擡げかけ、
客であるかのようにわしらのパンを喰らい、
籐の長椅子でしばらく微睡《まどろ》む。
それから出かけしなに屈みこむと、猫を軽く叩いていう。
「犠牲者を苛めるんじゃないぞ。」
わしらは尋ねる。「それって、ひょっとして誰のこと?」
「夜が乾かそうとしない血のことよ」

彼のコートのボタンが　遠ざかるとき光る。

こんばんは！　うちの井戸によろしく！
うちの無花果《いちじく》にもよろしく！　大麦畑では
わしらの影の上を踏んで　気をつけて歩くように。
高台の糸杉にもよろしく。でも夜には
門を閉めておいてくださいね。それから馬が
飛行機を怖がりますから、忘れないように。
時間があったら、あちらのわしらにもよろしく。

わしらは玄関口でこういいたかったのだ。
彼はじっくり聞いているが、

咳をして誤魔化し、
払いのけてしまう。

だったら、なぜなのか？　彼は毎晩、犠牲者のもとを訪れる。
わしらに倣って格言を暗記し、
聖地での同じ祭のため
なぜ繰り返し歌うのか？

鉄砲さえなければ
ふたつの笛の音が重なっただろうに。

地球がわしらのうちで回転しているかぎり
戦争は終らない。
せめて善良であろうではないか。
彼はイエーツの「アイルランド空軍」の詩を朗読する。
「わたしが戦う者を　わたしは憎まない。
わたしが守る者を　わたしは愛さない。」
それからわしらの木の小屋を出て、
八十メートル先まで歩き、
平原の隅にある　わしらの石造りの家に行く。

わしらの家によろしく、他所の人よ。
コーヒーカップはもとのままだよ。
わしらの指の臭いがカップについてるかね。

あんたのお嬢ちゃんにいってやりな。
三つ編みの、眉の濃いお嬢ちゃんには
目の前にはいないけれど　友だちがいて、
お嬢ちゃんのところに遊びに行き、鏡のなかに入りこみたいって。
その子の秘密を知るにしても。

その子がいなくなってしまうと、お嬢ちゃんは
どうやってその子の人生を引き継いだらいいのかい？

お嬢ちゃんによろしくな、
もし時間があったなら。

わしらが彼にいいたいことを
彼はじっくりと聴いてはいるが、咳をして誤魔化し
払いのけてしまう。

彼のコートのボタンが
遠ざかるときに光る。

アナット[*3]変幻

詩とは月にかけられた梯子。
望みなき恋人たちの鏡のように
アナットは詩を庭にかける。
和解できずにいる二人の女として
魂の砂漠に向かう……。
ひとりは泉に水を戻し、
もうひとりは森に火を嗾《けしか》ける。

馬はどうする。底なしの二つ穴のまわりで
いつまでも躍らせておけばいい。
そこには生も死もない。
されどわが詩はアナット、
口についた死の涎、
動物の
金切り声の叫び、
高みへと舞い上がり、剝き出しになって下るときの叫び。

ぼくはきみたち二人ともが欲しい
愛であり、戦争であるアナット！
地獄に墜ちてもいいよ。

きみが好きだ。

アナットはみずからを殺し、
そしてみずからの内に　みずからのため
距離を作り出す。
遥かなる彼女の像の前を通り、
被造物たちがメソポタミアとシリアの地を進むため。
地という地が
ラピスラズリの笏と聖処女の指輪に従う。

おお　アナット、どうして地下に留まっているの？
自然に戻ってきておくれ！

われらが元に戻ってきておくれ！
きみがいなくなって以来　井戸は涸れた。
きみが死んでからというもの　川の流れは絶えた。
涙は土壺より蒸散し、
大気は乾燥のあまり　燃え木のように割れ、
われらはきみの不在に
朽ちた塀のように崩れた。
われらが欲望は乾ききった。
祈りは灰と化した。
きみの死後　すべては生気を失い、
地獄へと向かう人々の対話に似て、
生は死に絶えてしまう。

おお　地下に留まるなどよしとくれ、アナット！
新しい女神がきみの留守中に出現して、
われらが知らずとその似姿を受け入れでもしただろうか？
才に満ちた牧人どもが汚れた空に浮かぶ別の女神を見つけ、
巫女どもがそれを受け入れでもしただろうか？

戻ってきておくれ、
真理と暗示の国を
原初のカナーンの大地を、
きみの胸と股の　開かれた大地を
もたらしてくれ。奇跡がジェリコに戻ってきますように、
寺院の扉の前で起きますように、
生も死もないところ、

最後の審判の門の人、混沌しかないところ、
いかなる未来も到来せず、いかなる過去も別れを告げに来ないところ、
いかなる記憶も
椰子の樹を越えて　バビロンの方角より旅立たず、
いかなる夢もわれらに、
星に住むよう語りかけはしない。
それはきみのチュニカ[*4]のたくさんのボタンの
ひとつでしかないのだから。

おお　アナット！

アナットはみずからより生まれ、みずからにより　みずからのために生

きる。

こっそりと名を偽って　ギリシャの船の後を飛ぶ。
和解することのない二人の女として。
馬は底なしの二つ穴のまわりで躍らせよ。
ぼくは生きても死んでもいない。
アナットだって
いるのか、いないのか、わからない。

イムルウ・ル・カイスの、言葉によらない論争

連中は芝居の幕を閉じた、
われらに他人のもとに戻る隙間だけは許しながら
欠落を抱えつつ。

われらは笑いながら映画に参入した。
スクリーンで求められるままに。
あらかじめ準備された科白を即興で話した、

殉教者の最後の選択を惜しみつつ。
それからお辞儀をし、道の両側を歩く人々に
われらの名前を譲り渡すと、
われらの明日へと戻った、
欠落を抱えながら。

連中は芝居の幕を閉じた。
勝ち誇った。
われらの昨日を踏破した。
犠牲者がこれから頭に思いつく言葉のことで
謝罪すると、
その過ちを許した。
時を告げる鐘を変え、

勝ち誇った。

連中は最後のひとつ前の場面まで
われらを連れて行き、振り返らせると、
われらが去った後の庭に
時間から立ちのぼった煙が白く棚引いていた。

孔雀がスペクトラムの扇を広げていた。
パンに結びつかない自由への賛辞とか
自由の塩のないパンの説明だとか
市場から逃げ出す鳩の群の説明だとか、
ボロボロにちぎれた言葉を後悔する者への

皇帝の手紙越しに。
皇帝の手紙は時間のバルコニーから押し寄せてくる
白い煙へのシャンパンなのだった。

連中は芝居の幕を閉じた。
勝ち誇った。
星をひとつひとつにいたるまで、
われらの空から欲しいものを撮影した。
われらの曇りのひとつひとつにいたるまで、
われらの昼から
時間の鏡の音を変え、
勝ち誇った。

われらは自分の過去をテクニカラー映画で見直した。
北には星ひとつ見つけられず、
南にはテントひとつ見つけられなかった。
そもそも自分たちの声を見分けられなかった。
あの日、マイクに話しかけていたのはわれらの血ではなかった。
道筋を帰るごとに心が散り散りになってしまった言語に
まだ拠りかかっていたあの日に、
誰もイムルウ・ル・カイスにいってやらなかった。
「あんたはわれらに何をしたのか、自分自身には何をしたのか?
皇帝の路を行け。
時間から寄り来る黒い煙を通って。
皇帝の路を行け。
ひとりで、ひとりで、ひとりでだ。

それからあんたの言語をここにおいて行け、
われらのためにだ！」

異邦人に馬を

あるイラクの詩人に

きみに挽歌を捧げるために
わたしは愛の二十年を準備する。
きみは彼の地でひとりだった。
棗《ナツメ》夫人のため亡命地の調度を整え、
言葉の頂上に主人の家を準備しながら。

われらにむかって話してくれ、
井戸の螺旋階段を高く高く登れるように。
おお　友よ、どこにいるのだ？
前へ踏み出せ、
わたしがきみの言葉の重荷を背負えるように、
わたしがきみの挽歌を詠むことができるように。

橋だったらすでに渡っていただろうに、
だがそれは家だ、深淵だ。
タタール人がわれらの馬で戻ってきて以来、
バビロニアの月は夜の樹々のうちに
王国をうち建てたが、
もはやわれらのものではない。

今や新しきタタール人が
狭い山路の埃を抜けて　こっそりと
われらの名を引き出す。
われらを忘れる。
椰子の樹を、二つの河を、
そしてわれらの内なるイラクを忘れる。

風に向かう途中できみはわたしに語らなかったか？
われらはもうすぐ歴史を意味で満たしてしまう。
戦争はただちに終わり、
われらはただちにシュメール王国を歌のうちに再現すると、
劇場の扉はただちに万人にむかって
あらゆる種類の鳥にむかって開くと。

われらはただちに、風が最初にわれらを運び去ったところに戻ると。

おお　友よ、
この大地にはもはや詩のための場所はない。
イラク以降、詩にはこの大地のための場所はあるだろうか？
ローマがわれらの世界の雨を包囲し、
黒人たちがジャズっぽく月をシンバルのように叩き、
時間を洞窟へと追いやり、
大地にローマの息を吹きつけ、
きみは亡命地にさらなる亡命地を開くのだ。

われらはここ八月の庭園に部屋をもっている、

犬を愛すれど、
きみの民衆と南の名前を嫌う国のなかで。
ヒナゲシから追放された生き残りの女たち、
ロマのよき友たち、
バアの汚れた階段、
アルチュール・ランボー、
栗の歩道、
そしてイラクを「浄化」するテクノロジー、
すべてわれらのものだ。

きみの死者の風が北に吹く。
きみはわたしに尋ねる「わたしにきみが見えるかな?」
「わたしが死んでるって、五時のニュースでわかるよ。」とわたし。

それではわたしの自由に意味があるのか、おお　ロダンの彫像よ？
自問などしないでくれ、わたしの記憶を
ナツメヤシの実の上に、鐘のように掛けないでくれ。
われらの亡命は損なわれた、
きみの死者の風が北に吹いてからというもの。

異邦人には馬がなければならない、
皇帝の後を追うためにも、
刺すようなナーイの一吹きから戻るためにも。
異邦人には馬がなければならない。
われらはなにも「女性」を想わずに、月くらい見られたのではないか？
女という意味ではない。
おお　友よ、心眼と観察の間の違いを

われらは弁《わきま》えておくことができたのではなかったか?

われらには蜂と言葉という義務がある。
われらは女どもと皇帝による脅威を書くために生まれてきたのだ。
言語と化したときの大地、
ギルガメシュの不可能な秘密について。
われらの時代から酒が黄金なす昔日へと逃げるために。
われらは智慧の人生へと向かった、
われらがノスタルジアの歌はかつてイラクの歌だった。
そしてイラクは椰子の樹と二つの河。

アル・ルサファの地に月、

チグリスとユーフラテスの河に魚、
南には熱心な読者、
ニネヴォには太陽の石、
悲しみの北に住むクルド少女のお下げ髪のなかの祝祭。
バビロンの庭園には薔薇、
南の地ブワイブには詩人、
わたしの骸はイラクの太陽に晒されている。
すべてわたしのものだ。

わが短剣はわが似姿のうえに。
わが似姿はわが短剣のうえに。
河から遠ざかるたびに、友よ、
モンゴル人がわれらの側を過ぎてゆく。

詩が神話の雲であるかのように
東は東ではなく、
西は西ではない。
われらが兄弟たちはカインの衝撃のおかげでひとつになった。
きみの弟を責めてはいけない、
スミレこそが墓なのだ。

パリのための墓、ロンドンのための墓、
ローマの、ニューヨークの、モスクワのための墓、
バグダッドのための墓。
待ち受けている過去を信じる権利が
バグダッドにあっただろうか？
困難な径と目的地、イタカ[*5]のための墓、

ヤーファの、ホメロスの、アル・ブフトリー[*6]のための墓
墓とは詩だ、
墓は風でできている。
おお　魂の石よ、おお　われらが沈黙！

迷路を完璧にするために
秋がわれらの内で変容したと信じる。
われらは疲労、
肉体を包む露のようなもの、
露は白いカモメの群となって降りそそぎ、
われらの内に予感に満ちた詩人たちを求め、
アラブの最後の涙を求め、
砂漠を求める。

われらが声には
サマルカンドへと飛ぶ一羽の鳥もいない、
他の都にも。
時間は粉砕された。
言語は粉砕された。
かつてわれらがモスルの葡萄の房よろしく
肩に担いだこの大気は、
今は十字架だ。
誰が詩の重荷をわれらのために担《かつ》ごうというのか?

上がる声もなければ、下がる声もない。

まもなくわれらは
この地への頌歌の結びの言葉を口にし、
古い言葉の絹にわれらの明日を、背後に見つめるだろう。
われらは回廊で夢を見、
そこいらで探すだろう、われらを、
黒く汚された国旗のなかの鷲を。

音の砂漠と沈黙の砂漠、
永遠なる馬鹿馬鹿しさの砂漠、
戒律を記した石板の砂漠、
教科書の砂漠、預言者の、科学者の砂漠、
シェイクスピアの砂漠、
人間のなかに神を求める者の砂漠、

最後のアラブ人が記す。
わたしはこれまでいなかったアラブ人だ。
これまでいなかったアラブ人だ。

自分が間違っていたというのでなければ、黙っていろ。
死者はきみの弁解など聞かない。
自分を殺した者の日記など読まない。
今さら何ができるというわけだ。
彼らは永遠なるバスラに戻らない。
海の青を知ったきみが、
自分の母親にしたことなど知りたくもない。

さて　われらは戻るために旅立ったのではないと、
きみはいうのか。いわないのか。
最後の言葉は、きみの名において、きみの母親にむかって発せられた。
あなたがわたしの唯一の母親だって証拠はありますか？
もしこの時代が存在すべきだというのなら、
それは墓地のままでいい。
新しいソドムになろうなどとは思わずに。

死者は　井戸の脇でわれらと同じく
困り果てて佇んでいる者どもを許さない。
サマリア人の美しいヨゼフはわれらの同胞なのか？
だったら彼から
夕暮れの星の美しさを盗むこともできよう。

もし彼が殺されるべき運命なら、
皇帝を太陽としよう。
屠殺されたイラクに降り注ぐ太陽。

わたしはきみから生まれ、きみはわたしから生まれる、
ゆっくりと、ひどくゆっくりと、
わたしは君の軀から死者の指と、
死者のシャツのボタンと出生証明書を引き剝がす。
きみは自分の死者がエルサレムに宛てた手紙を引き剝がす。
われらは眼鏡の血を拭い、友よ
カフカを読み直し、
それから影の往来へ向けて窓を二つ開ける。

わが外側はわが内側。
冬の煙を信じてはならない。
まもなく四月はわれらが眠りから外に出る。
わが外側はわが内側。
彫像など放っておけ。
イラク娘は最初のアーモンドの花で服を着飾り、
自分の名前のうえに引かれた
弓の先端に沿ってみせる。
彼女はきみのイニシャルを　相合傘のように書く、
イラクの凪に。

壁に描く

これがあなたの名前、と彼女はいい
螺旋《らせん》の回廊に消えた……

天国が手の届くところに見える。*7 白鳩の翼がわたしを
今ひとつの子供時代へと引き上げてくれる。夢を見ていたなんて、
夢にも知らなかった——すべてが現実だ。
わかっていた、わが身を脇に置いて　飛ぶのだと。

究極の天球にあって、わたしはなるべきものとなる。
すべてが白い。海は白い雲のうえで白い。
絶対の白い空にあって、白とは無だ。
わたしはいたのだった、いなかったのだった。
白い永遠を抜けてひとり彷徨い
時間前に到着する。
地上では何をしていたのか？ と、
わたしに尋ねようとする天使はひとりも現われなかった。
祝福された魂の賛美歌も、罪人の嘆きも聞かなかった。
わたしは白のなかでひとり、わたしはひとりだ。

審判の門では苦痛を感じない。時間も感情もない。
事物の軽さも、執着の重さも感じられない。
誰も尋ねてくれる者もいない。わたしの「どこ」とは、今どこなのか？
死者の都はどこ？　わたしはどこ？
場所も時間もないここでは、
無もなければ、存在もない。

前に死んだことがあるかのようだ。そのヴィジョンには見憶えがある。
自分が未知へと進もうとしているとわかる。
まだどこかで生きているような気がする。
欲しいものはわかる。

わたしはある日、なりたいものとなる。

わたしはある日、いかなる剣も書物も
荒野へと携えていけぬ思考となる。
草の刀に断ち割られる山に降る雨のような
勝利も、力も逃げまどう正義もない！

わたしはある日、なりたいものとなる。

わたしはある日　鳥となって、自分の無から存在を引っ摑む。

翼が燃えるたびにわたしは真実に近づき、灰から蘇る。
わたしは夢想する者同士の言葉、軀と魂から逃れ、
意味へ向かう最初の旅を続けようと。意味はわたしを焼き、消える。
わたしは不在。追放された天上の存在。

わたしはある日、なりたいものとなる。

わたしはある日、詩人となる。水はわが眼力しだいだ。
わたしの言語は隠喩となる。

わたしは語らない。場所を仄《ほの》めかさない。
場所はわが罪、わがアリバイだ。
わたしはそこから来る。
わたしの「ここ」は足取りから想像力へと跳ぶ。
わたしとはわたしであったものだ。わたしがなるものだ。
膨張する無限の空間によって創造され　破壊され。

わたしはある日、なりたいものとなる。

わたしはある日、葡萄の樹となる。
これから先、夏はわたしを絞るがいい。
甘やかな場所のシャンデリアの下をゆく者は、わたしを呑むがいい。

わたしは伝言であり、それを運ぶ使者、
短い住所であり、音信である。

これがあなたの名前、と彼女はいい、
白さの回廊に消えた。
これがあなたの名前、憶えておきなさい、一字でも間違えてはい
けませんよ。
部族の旗は忘れよ。横一列に並ぶお前の名前の友であれ。
死者と生者の前で試してみよ。
見知らぬ者の前で正しく口にしてみよ。
洞窟の石壁に記してみよ。

わが名前よ、わたしが育つときにお前も育てかし。
お前はわたしを背負い、わたしはお前を背負う。
見知らぬ者もまた誰かの兄弟である。
ナーイ*8に捧げられた弱文字で、女の心を奪おう。
わが名前よ、われらは今どこにいるのか。
今とは何で、明日とは何なのか。
時間とは何で、空間とは何なのか。
老いとは何で、新しさとは何なのか。

われらはある日、なりたいものとなる。

旅はまだ始まっていなかった、道は終わっていなかった。

賢者たちはまだ亡命の地に達していなかった。
亡命した男たちはまだ叡智に達していなかった。
花といえば、われらはアネモネしか知らない。
だから一番高い壁画へ行こう。

緑なり、わが詩の大地は高みにありて——それは夜明けの神の言葉。
そしてわたしは遠くにある者。遠くにある者。

風が吹くたびに　女は自分の詩人をからかう。
——わたしに女らしさを与えておくれ、
昔、献げたものの砕け散った　あの広がりを。
もうわたしには何も残されていない、

湖の皺なす波に目をやることを除いては。
わたしの明日をお前が背負い、わたしに昨日を与えよ。
だがわれらは引き離されることなく。
お前の後には、出発する者も帰還する者もない。

――望むならその詩を手にせよ。わたしにはお前のことしかない。
お前の「わたし」を手にせよ、お前が両手に抱く鳩に宛てた手紙によって
わが亡命は完結する。
われらのどちらが「わたし」なのか。「わたし」がその終わりになるために。
書くことと話すことの間で流星が生まれる。
記憶はわれらの想念をまき散らす。

われらは剣とミズマール[*9]のうちに、無花果《いちじく》とサボテンの間に生まれた。
死はゆるやかにして明確だった。
死は河口を渡る者たちの休戦合意だった。
殺す者は殺される者に耳を傾けない。
殉教者は遺言を語らない。

どんな風がお前をここに連れてきたのか。
お前の傷の名前を教えてくれたら、
われらが二度迷いかねない道を　わたしはわかるだろう。
お前の鼓動のひとつひとつがわたしを苦しめる、わたしを神話の時へと
　引き戻す。
ほかならぬわが血が苦しめる、塩が、静脈が苦しめる。

砕け散った壺のなかで、シリアの海岸の女たちが
終わりなき道に悲しみ、八月の太陽に焼ける。
わたしは生まれる前、女たちを泉へ通じる小道で見た。
瓶の水が女たちの嘆く声を聞いた。
お前たちが雲に戻るとき、楽な時が来る。

木霊がいう。強者の過去だけが
拡大のオベリスクのうえを戻ってくる。
(強者たちの遺物は黄金でできている)。
その最年少の者が明日に語る。
今日食べるだけの日々のパンをお恵みください。
今この時をなんとか耐えられるものにしてください。

魂の輪廻だとか、転生だとか、永遠など
あたしらにはどうでもいいことです。

木霊が言う。わたしは癒しがたき希望に疲れ、美をめぐる思索の罠に疲れた。

バベルの次は何が来る?
天国への道があきらかになるにつれ、
未知が終末を露《あらわ》にするにつれ、
賛美歌は砕け散り、祈りは腐って世俗の散文となる。

緑なり、わが詩の大地は高みにありて、深淵の底よりわれを見下ろす。
お前の意味はなんて奇妙なことか。

ただそこに一人でいるだけで、お前は立派に部族だ。
わたしが歌ったのは　鳩の悲しみに虚しく消えた時間に釣りあいを与えるためであり、
神が人間に語ったことを解釈するためではなかった。
わたしは啓示を告げたり、
みずからの深淵を昇天だと宣言する　預言者ではない。

言語という自分に与えられたすべてにおいて、わたしは異邦人だ。

わたしが自分の気持ちを「ダド」の文字で宥めるなら、気持ちはわたしを「ヤー」[*10]で宥めてくれる。

遠くにあるとき単語は、より高所にある星と隣りあう地にあり、
近くにあるとき単語は、亡命の地にある。

一冊の書物だけでは不充分だ。

わたしは不在の充溢のなかに自分を見つける。
自分を探そうとすると、いつも他者を見つけてしまう。
他者を探そうとすると、自分の見なれぬ姿を見るばかりだ。
わたしとは群集の詰まった個人なのか。

わたしは異邦人だ。銀河をとぼとぼと横切り
愛する者の方へと向かうのに疲れ、
みずからの軽薄な性《さが》に飽きた。
単語の形式が狭まる。意味は拡がる。
わたしは自分の単語の要求から溢れ出し、鏡に映る自分を見つめる。
「わたしは彼か」
最後の場面が来て、自分は上手に役を演じられるだろうか。
その芝居をあらかじめ知っていたのか。いや、わたしは押し付けられた

だけなのか。
わたしとは演じている彼なのか、それとも犠牲者がポストモダンをやろうとして証言を覆しただけなのか。作者が筋立てから逸脱して、
俳優と観客が立ち去ってしまった後に。

扉のうしろにわたしは迷いつつ座った。「わたしは彼か」これはわたしの言語だ、この音はわたしの血の痛みだ。

なのに作者はわたしではない。

わたしが行けども達しないのなら、その「わたし」は自分ではない。

わたしが口を開いても話せないのなら、その「わたし」は自分ではない。

この曖昧な文字の連なりが教えてくれる。「存在するために書け。発見するために読め。

語りたいのなら、行動を起こすことだ。
するとお前の相対する二者は意味のうえで一つとなる。
お前の透明な内面こそ、お前の詩」。

水夫たちがわたしを取り囲む、だが港はない。
暗示と表現の塵がわたしを空虚にした。
わたしには知るだけの時間がなかった。二つの位置の間で、一瞬自分が
　どこにいるかを。
出口と入口、二つの扉の曖昧な類似をまだ問い質しはしなかった。
生を求めるようには死を見出せなかった。
叫ぶための声が見つけられなかった。
「時よ！　お前はわたしをあまりに遠くへ連れ去った。
足早で曖昧な文字の連なりが語るところから遠ざけた。

現実とは絶対の非現実だ」
待つことをしない時よ。自分の誕生に遅れた者を待たない時よ。
われらが過去を新しいままにせよ。
それがわれらがお前と親しく、お前の馬車の犠牲者ではなかったときの、
お前について持ちうる唯一の思い出だ。
過去をあるがままにせよ、連れていくことも、いかれることもないように。

わたしは見た、死者の記憶と忘却を。
彼らは腕時計を通して時を知るが、老いることはない。
われらの死を感じず、みずからの生に気づかない。
わたしの過去と未来に気づかない。
それはあらゆる固有名詞の融解。

「彼」は「わたし」のうちに――「お前」のうちにある。全体も部分もない。
死んだ男に「わたしであれ」と語りかける生者はいない。

元素と感情が溶ける。
自分の軀が見えない。
死の力の感じがしない、自分の最初の生も。
別の人間になったようだ。
わたしとは誰？　死者、それとも新生児？

時はゼロ。死がわたしを靄のなかへ運びこんだとき、
わたしは誕生のことなど考えていなかった。

生きても死んでもいなかったからだ、
存在も非存在もないところでは。

「よくなってますよ」麻酔を注射しながら看護婦がいった。
「しばらくの間じっとして、これから見る夢の準備でもしなさい」

フランス人の外科医が刑務所のわたしの房を空けるのが見えた。
管区の二人の警官とともに、彼はわたしを棒で殴った。

父が巡礼[*11]から帰ってくるのが見えた。
ヒジャーズの陽光に弱り　疲れきって

彼をとり囲む天使の列に嘆願していた。みどもの火に水をかけたまえ！

モロッコの若者たちがサッカーをし、わたしに石を投げるのが見えた。言葉を持ち帰って。母親は置いていって。お父さんは墓地へ行く道がわからなくなったの！

ルネ・シャールがハイデッガーと並んで腰かけているのが、二メートルの近さで見えた。

二人はワインを呑んでいた。詩などどうでもよかった。

二人のお喋りは光のようで、見知らぬ明日が彼らを待っていた。

友だちが三人　泣きながら、黄金の糸でわたしの経帷子を縫っているのが見えた。

アル＝マアッリー[*12]が自作の詩から批評家を駆逐しているところが見えた。
わたしが盲目なのは　お前たちが見ているものを見るためではない。
内なる眼は無へ、また狂気へと導く光。

国々が朝の両腕でわたしを抱きしめるのが見えた。
パンの香りと舗道の花にふさわしくあれ。
お前の母親のパン竈はまだ火が点いているし、挨拶はパンに似て温かいからだ。

緑なり、わが詩の大地は緑にして。
蝶に囁くにはひと筋の川で足りる。「妹よ」
古代の神話という神話を誘い、鷹の翼に乗せておくには、ひと筋の川だけで足りる。
そのとき鷹は旗を替え、遠い山頂を替える。
軍隊はわたしのため　そこに忘却の王国を設ける。
みずからの詩より小さな民族はいない。
しかし武器はそこで、生者死者を問わず言葉を拡げる。
文字は夜明けの帯に吊るされた剣を磨き、
歌を通して、砂漠は拡がりも退きもする。

わたしの人生には　自分の終わりと始まりを繋ぐだけの時間がもはやない。

羊飼いたちがわたしの物語を連れ出す。
廃墟の魅惑を通りすぎ、草地に分け入る。
ブーク[*13]と流暢な韻文で忘却に打ち勝つ。
別れの石の前でわたしに記憶の嗄れ声を引き継がせ、二度と帰らない。

われらが牧歌の日々、部族と都市の間を行ったり来たり。
蜃気楼で飾られたお前のホウダジュ[*14]のための特別の一夜を、わたしは見つけ出せない。

お前はいった。あなたなくして、わたしの名前に何の意味があるの？

わたしを呼んでほしい。あなたがわたしに名前を与えてくれたとき、わたしがあなたを創造したのだし、
それを得たとき、あなたはわたしを殺したのだ。

どうやってわたしを殺したのか、わたしは一夜の異邦人だというのに。

あなたの欲望の森に導き入れていいかしら、わたしを抱いて、強く抱いて。

混じりけのない婚礼の蜜を巣箱に撒いて。

あなたの両手が抱いた風でわたしを散らせ、そして集めて。

異邦人よ、夜が魂をあなたに委ねる。わが兄弟がラピスラズリの水でわたしの生命を終らせるだろうと、すべての星々が見ている。

だから自分の手で壺を粉々に割るから。この幸福な現在をわたしに与えておくれ。


「わたしの進む道を変えるようなことを、いってくれた?」

「いや、わたしの人生はわたしの外にあったのだ」

わたしとはみずからに語る者。

わたしの最後のムアッラカ[*15]は椰子の樹から落ちてきた。

そしてわたしは二元論に囲まれ、自分の内側へと生涯をかけて旅してきた。

だが人生は曖昧さと雀に値する。

わたしは自分が死ぬことを知るためにではなく、神の影の真奥を愛するために生まれてきたのだ。

美はわたしを美しきものへと導いてくれる。

本質からも属性からも解き放たれたお前の愛を　わたしは愛する。
わたしとはわたしの身替わり。

わたしとはみずからに語る者。
もっとも小さなものから偉大な考えが生じる。
リズムは言葉から生まれるものではなく、
長い夜にふたつの軀がひとつになるときに生じる。

わたしはみずからに語り　記憶を撓める者。ところで、お前はわたしなのか？
われわれの三番目の者がお前とわたしの間でうろうろしている。
二人ともいつもわたしを忘れないでくれといいつつ、おお、死よ。

われわれの歩みをお前のところへ導いてくれ、蒙が啓けるように。
もうわたしの軀を照らす太陽も月もないのだ。
わたしが影を枸杞の小枝に預けると
その場が軽くなった。わが彷徨える魂はわたしとともに飛び立った。

わたしとはみずからに語る者。若い娘よ、憧れはお前に何をした?
風がわれわれを磨きあげ、秋の香りのように運び去る。
わたしの杖のうえで、女よ、お前は熟れに熟れる。
さあ、「ダマスカスへの道」に就くときだ、そのヴィジョンを信じて。
残りの人生には守護天使と二羽の羽ばたく鳩しかいないからだ。
しかし大地は祝祭だ。

大地は敗者の祝祭だ（われらもその仲間うち）。

われらはまさに叙事詩の讃歌がその場に遺した痕跡。

老いたる鷹の羽のように、われらのテントは風に飛ばされた。


われらはたとえイエスの教えを受けずとも、優しい心をもち、自己滅却をつねとしてきた。

われらは植物ほどに強くはない、夏の終わりは別だが。

お前はわたしの現実。わたしはお前の問い。

われらは名前だけしか相続しなかった。

お前はわたしの庭園。わたしはお前の影。

叙事詩の讃歌の分かれ道。

われらは女神たちと企みをともにしない。
あの女神たちは魔力と狡知で讃歌を始める。
ある場所をしかるべき時から別の時へ移そうとする
羚羊の角に乗せて。
空の星が井戸の石よりほんのわずか上にあったなら
われらは素朴でいられただろうに。預言者の言葉がもう少し目立たなければ、
兵士たちはわれらの賛辞を聞かずにすんだであろうに。

緑なり、わが詩の大地は緑にして。
時代から時代へと抒情詩人が豊穣のままに運んできた。
わたしが教えられたのは、

水鏡に映る像を見つめるナルシス、
その像の同義語の鮮やかな陰影と、
意味の正確さ。
わたしが詩に負うのは　夜の屋根のうえの預言者たちの言葉の類似。
わたしが詩に負うのは　伝説と現実を嘲って
丘に置き去りにされた知恵ある驢馬。
象徴に反意語を注入することも教わった。
具象化は詩を記憶から呼び戻さず、
抽象化もまた詩を栄光なす光輝へと引き上げない。

わたしはもうひとりの「わたし」を教えられ、
抒情詩人のノオトに日記を書きつけた。
もしこの夢で不足なら、亡命の門に立って

英雄のように徹夜で警備をせねばなるまい。
それからわたしは
壁と壁の間に響くわが言語の木霊を教えられた。
荒き心がわたしを裏切るとき
木霊は壁から海の塩を削り落とす。

わたしの智慧はヨルダン渓谷よりも高かった。
わたしはサタンにいった。わたしに試練など与えないでくれ。
わたしを二元論へと追い詰めないでくれ。
放っておいてくれ、旧約には無欲なわたしのままでいさせてくれ。
わたしの王国のある天国へ登らせてくれ。
歴史を手にせよ、わが父の息子よ。
歴史を手にせよ、本能の命じるままに望むことをなせ。

わたしは平和と静けさを与えられてきた。
微かな一粒の麦がわたしと
敵なる兄弟を養うだろう。
わたしの時はいまだ来ていない。
収穫の時はいまだ来ていない。
不在へと分け入り、わが心を信じてガリラヤのカナへ向かうのだ。
わたしの時はいまだ来ていない。
おそらくわたしの内にある何かがわたしを放り投げているのだ。
おそらくわたしは別人なのだ。
少女の服のまわりで　無花果の繁みはいまだ熟していない。
不死鳥の羽はいまだわたしを生んでいない。
誰も待ってはいない。

わたしは前にも　その後にも来た。

だがわたしの見るものを信じる者はいない。

わたしは見る者、隔たりより見る者。


おお、自己よ、お前は誰？

径の途上にあってわれらは二人。審判の日には一人となる。

わたしが他者となるさまが見られるよう　消失の光の下に連れて行ってくれ。

おお、自己よ、わたしはお前の後で　何になるのか？

わたしの軀はどこ？　わたしの後にあるのか、前にあるのか？

わたしとは誰？　おお、お前、わたしがお前を創造したように、わたしを創造してくれ。

アーモンド油でわたしを祝福してくれ、レバノン杉の冠で頭を飾ってくれ。
わたしをこの谷底から白い永遠へと連れ出してくれ。
お前の生き方を教えてくれ、お前の崇高な世界の微粒子として、わたし
を試してくれ。
不死の倦怠を耐える術を教えてくれ。
薔薇がわたしを傷つけ　わたしの血管から咲くように　慈しみ深き者で
あれ。

われらの時はいまだ来ていない、
だから使徒たちは最後の干草の束などで
時を計ったりはしない。
時は終わりを迎えるのか？

天使が詩人たちのために訪れることはないのか、
過去を麗しき憐憫に委ね、みずから未来を拓けるように？

おお、アナット、わがことさらの女神よ、歌え。

第二創世へのわが初発の詩を歌え。

秋の石のなかで柳が生まれることの証しを
語り手たちが見つけられることができますように。

羊飼いが歌の真奥に井戸を見つけることができますように。

意味に背を向ける者にも、
脚韻の上に止まった蝶の羽に乗って、人生が突然に開けてゆくように。

だから歌え、おお、アナットよ、わがことさらの女神。

わたしは獲物にして矢。わたしは挽歌を書く者にしてムエッズィン[*16]、そして殉教者。

わたしは廃墟にむかって　けっして別れを告げなかった。
わたしがわたしだったのは一度だけだった。
だがそれで充分だった、北風にベドウィンのテントが吹き飛ばされるように

時が崩れてゆくさまを知るには、
場所という場所が壊れ、過去が
見捨てられた寺院の灰燼に覆われたさまを知るには。
わたしのまわりのすべては　恐ろしくわたしに似ているが、
わたしは何にも似ていない。
まるであの病んだ抒情詩人、悪魔の裔のためには
この地上に場所がないようだ。
哀れな狂人どもは美しい夢を夢見て、

愛の詩を鸚鵡に仕込む。するとの前に境界が開かれる。

わたしは生きたい……船の背でやるべき仕事がある。
われらの飢えと船酔いから鳥を救うことではなく、
洪水に立ち会うという仕事だ。次は何が来るのか？
この古き土地に生き残った者は何をすればいいのか？
もう一度　物語を繰り返すのか？
始まりとは　終わりとは　何なのか？
死者のもとから真実を告げに戻ってきた者はいなかった。

死よ、この大地の手前で、お前の王国でわたしを待っていてくれ。
わたしが残りの人生にわずかばかりの言葉を語るまで、テントの傍で待

　っていてくれ。
タラファ*17をすべて読んでおきたいのだ、時をくれ。
実存主義者は自由やら正義やら
それに神々のワインとやらで一瞬一瞬を浪費せよと　わたしを誘惑する。
死よ、自分の葬式の手はずを整える時をくれ。
このはかない新春に　わたしに時をくれ。
わたしは春に生まれた。わたしはこの胸を突く悲しみの国について、
時とその軍勢の前に立ち塞がる無花果《いちじく》とオリーヴの樹木の抗いについて、
雄弁家たちの際限のない演説を遮るだろう。

*

わたしは口にしよう。ヌーンの文字の端にわたしを落としておいて
　くれ。

魂はアル・ラフマン[*18]によって浄められるだろう。
それからわたしといっしょに　祖先の足取りで
時なき時を抜けて響く笛の音に合わせて歩いてくれ。
スミレは挫折の花。
時ならぬ愛の死を死者に思い出させる。
だからスミレは墓に供えないでくれ。
もし手に入るようだったら
青い麦の穂を七本に赤いアネモネで充分だ。
でなければ　教会の薔薇は教会と新婚カップルに回してやってくれ。

死よ、荷造りがすむまで待ってくれ。歯ブラシとか、石鹼、剃刀、コロン、着替え。

向こうの天気は温和なのか？
白の永遠にあって　天気は変化するのか？
秋から冬にかけても　そのままなのか？
無時間をつぶすため持っていく本は一冊で充分か？
それとも図書館いっぱい必要か？
向こうでは何語を話すのか、
普通の口語か、古典アラビア語か？

死よ、泉の傍ではガゼルを撃たない高潔な狩人であれ。
わたしが春の精神の清明と健康を取り戻すまで待ってくれ。
なかよく　気さくにやってくれ。
わたしの生命はお前のものだ、充分に生きたあかつきには。
代わりに　わたしに星々を見つめることを許してくれ。

誰もまったき死を死んだ者はいない。
魂にとって死は、単に形態と居場所を変えただけにすぎない。

死よ、おお、わたしを導く影よ、わが第三の存在よ、
エメラルドと橄欖石の曖昧な色、
孔雀の血よ、狼の心臓を狙撃する者よ、
空想の病よ、腰をかけたまえ。
狩りの道具は窓の下に、重い鍵束は扉の上にかけておけばいいから。
力に満ちた者よ、致命傷を探そうとして　わたしの血管など探るなかれ。
お前は医学よりも、わたしの呼吸器よりも、肉欲の濃い蜜よりも強い。

わたしを殺すのに病気などいらない。

だから昆虫よりも気高くあれ。
お前自身であれ、透明であれ、幽界からの明確な報せであれ。
それから愛のように、木々の間で荒れ狂う嵐であれ。
乞食や徴税人のように門前に立つな。
往来の交通巡査になるな。
焼き鈍した鋼のように強健であれ、狐の仮面をとれ。
勇敢にして気高くあれ、首尾よく現下の突撃をさせ。
何でもいいたいことを口にするがいい。
わたしは意味から意味へと渡る。
人生は液体、わたしはそれを蒸留する。
わたしはそれを　わがスルタンと秤にお披露目する。

死よ、待ちたまえ。

腰かけて、ワインでもどうだ、だが交渉はもう沢山。
お前のような者は現世の者とは交渉しないはずだ。
わたしはというと、幽界の下僕に逆らうつもりはない。
落ち着きたまえ。たぶんお前は今日　疲れている。
星々の間の戦争でくたくたなのだろう。
お前が訪問しようとするわたしとは　いったい誰だ？
わたしの詩を評定する時間はあるのか？
ああ、そうか、お前に関係のないことだったな。
お前には粘土からなる人間の地上の肉体だけが管轄なのであって、
その人物の言葉や行動は関わりがないのだったな。

おお、死よ、あらゆる芸術はお前に打ち勝ってきた、メソポタミアの歌も、

エジプトのオベリスクも、ファラオの墳墓も、彫刻の施された寺院の石
碑も、すべてがお前を負かし、勝利してきた。
お前は不滅を罠にかけることはできない。
だからわれらとお前自身を好きにすればいい。

わたしは生きたいのだ。この火山の地でなすべきことがある。
ロトの時代から広島の黙示まで、
荒廃は荒廃であり、
ここで永遠に生きるかのようだ　見知らぬ何かへの渇望を胸に。
おそらく「今」はより遠い。「昨日」の方が近く、
「明日」はいつも過去のうちにある。
しかし歴史がわが傍らを過ぎゆくように　わたしは「今」の手を摑み、
山羊の混沌に似た、循環する時間の方は摑まない。

わたしは明日の電子の時の速度に生き残れるだろうか？
砂漠のキャラバンの遅さに生き残れるだろうか？

わたしは死後もなすべきことが残っている、まるで明日は生きていないかのようだ。
今日の永遠の現在のためにすべきことがあるのだ。
だからゆっくりと、ゆっくりと、心臓の蠢に耳を傾ける。
「耐えきれるよう手助けしてくれ。」
囚われの石の叫びが聞こえてくる。「自由にしてくれ。」
ヴァイオリンに、地上の国から天上への憧れの移行を知る。
わたしはわが親しき永遠を女の掌のなかに押し抱く、
わたしは創造され、次に恋に落ち、
死にうんざりし、

ずっと後になって、墓の上に茂る草のなかで目醒めた。
草のおかげでときおりわたしの居場所がわかる。
死者に悦びを与えなくして、春は何のためにあるのか、
もし春が死者の死後に生の悦びを完成させ、忘却の花を咲かせないのなら？
それが詩の謎を解く、ただひとつの道だ、少なくともわたしの抒情詩の謎の。
夢とはわれらのただひとつの発語の法。

死よ、曖昧さへと滑り落ちよ。わたしの最後の友人として、
存在たちの間の亡命者として、わが栄光の日々の水晶に凭れかけよ。
お前だけが亡命者なのだ。
お前だけが自分の生をもっていない。

お前の生命とはすなわちわたしの死。
お前は生きもしないし、死にもしない。
お前は乳に渇く子供を乳へと連れ去る。
お前は小鳥に揺れる揺籠の幼子であったためしがない。
小さな天使も幼げな角の牡鹿もわれらとは遊んだが、お前とはけっして
遊ばなかった。
お前だけが亡命者だ、かわいそうな奴。
お前を胸に抱く女はいない。
大地と天空が溶けあうような睦言のままに
夜を短くしたいという憧れを、こっそりとお前と分かちあう女はいない。
お前のところにやって来て、大好き、パパなどといってくれる子供もい
ない。
お前だけが亡命者だ。おお、王のなかの王よ、お前の錫杖を褒める者は
いない。

お前の馬にはハヤブサがない。お前の王冠には真珠がない。幕も、聖なるトランペットもない。

どうしたらそんな風に護衛も合唱隊も連れず、歩き回ることができるのか。

臆病な泥棒、それがお前だ。讃えられし者よ、死の殿様よ、力に満てる者よ、頑ななアッシリア軍隊の司令官よ。

だから何でも好きなことをわれらと自分自身にするがいい。

わたしは生きたい、お前を忘れたい。

われわれの長い関係を忘れたいのだ、
遠い空が書き記す書簡を読むだけのために。

わたしがお前の到来を心するときにかぎって、
お前は遠ざかってしまう。

そのたびごとにわたしはいう。あっちへ行け。

わたしがふたつの軀の廻りを終え、満ち溢れるひとつの軀になる

までというときにかぎって、
お前はわたしとわたしの間に現われ、嘲るようにいう。
約束の時間を忘れるなよ。いつだっけ?
忘却の彼方のことだ、この世が
神殿の木材と洞窟の壁画を崇拝し、
お前がわたしを自分の痕跡、自分の息子というときに。
われわれはどこで会おうか?
海門近くのカフェにしてもらえるかね?
駄目だ、神の境界の側には行くな。おお、罪の子、アダムの子よ。
お前は問うためにではなく、行為するために生まれてきたはずだ。

よき友であれ、おお、死よ。
思慮に満ちた意味であれ、お前の見えない叡智の精髄をわたしが理解できるように。
カインに弓を教えたお前は、たぶん気が急いていたはずだ。
ヨブの魂を長く忍耐できるよう鍛えたとき、お前は緩やかに歩いていたはずだ。
わたしを馬上で殺すときには、お前はおそらく馬に鞍をつけるだろう。
まるで、わたしが忘却を思い出しても、
わたしの言語がわたしの現在を救うかのように。
まるでわたしが永遠に存在し、永遠に飛び続けるかのように。
まるでわたしがお前を知ってこの方、わたしの言語が
お前の白馬車の上で脆さゆえ中毒してしまったかのように、
眠りの雲よりもはるかに高く、
感覚があらゆる元素の重荷から解放されると、いっそう高くで。

神への径にあって、お前とわたしは、ヴィジョンに囚われた盲目のスーフィ。
引き返すのだ！　死よ、お前ひとりで無事に引き返すのだ！
ここでも向こうでもない場所で、わたしは解き放たれる。
お前は亡命の身に戻りたまえ、ひとりで。
お前の狩りの道具に戻り、海門でわたしを待ちたまえ。
赤ワインを準備して、わたしの病める大地への帰還を祝いたまえ。
無礼でも無精でもあってはならない。
わたしはお前を嘲ったり、魂の北の湖の上を
歩くために、おり来るのではない。
いや、お前に惑わされて、わたしは詩の終わりをなおざりにしてしまった。
わたしは母を馬の背に乗せて、父に嫁入りさせてやらなかった。
トゥルバドゥールのアンダルシアのため　扉を開けたままにしておいた。

祖先のマントの蜘蛛の巣を払うため、
アーモンドと柘榴の垣根に立ち止まることを選んだ。
凡庸な武器で時間を計りながら、
異国の軍隊が凡庸な道を行進していた。

死よ、これが歴史なのか?
お前の分身か敵かは知らぬが　二つの深淵の間に立ち昇るものが。
鉄兜のなかにでも鳩が巣を作り、卵を産む。
壊れた馬車の車輪の間で苦蓬が芽ぶき育つ。
ならばお前の分身だか敵だかの歴史に、自然をどうすることができよう?
地が天と結婚し、聖なる雨を大地に降りつけたときには、死よ、海門のところで、ロマンチックなカフェで待っていてくれ。
一度お前の弓は的を外れ、わたしは死から帰って来た、
自分のなかに隠されていたものを外に出すために。
わが魂を満たす小麦を、掌と肩に来たりて留まるツグミに
与えるために戻ろう。
わたしは大地に別れを告げに来たのだ、
塩なるわたしを啜り、草なるわたしを馬とガゼルに与える大地に。
だから空間と時間への短い訪問が終わるまで待っていてくれ。
ありがとう、生よ、わたしが戻れるかどうかなど当てにしないでくれ。
わたしは生きても死んでもいなかったのだ。
だがお前、お前だけは連れもなく、あたうかぎり孤独だった。

看護婦がいう。熱で魘されてらしたのね。
叫んでいらした。おお、心よ、心よ、便所へ連れて行ってくれって！

躯が病み、もはや役に立たないとすれば、魂に何の用途があるのか？
おお、心よ、心よ、わが歩みを戻してくれ。
わたしは自分で便所に歩いていきたいのだ。
わたしは自分の腕を、足を、膝を忘れた、重力の林檎と同じように。
心臓の働きを、永遠の始まりにおけるイヴの庭園を忘れた。
自分の小さな器官を、肺呼吸を忘れた。
言葉を忘れた。わたしの言語が心配だ。
すべてを元のままにしておいてくれ、ただ言語だけは生き返らせてくれ！

看護婦がいう。譫言《うわごと》をおっしゃってらしたのね。わたしに向かって叫んだりして。

わたしは誰のもとにも戻りたくない。どの国にも帰りたくない。この長い不在の後では、ただ自分の言語に戻りたいだけだ、鳩の鳴声のはての。

看護婦がいう。いつまでも譫言ばかりでした。わたしにこう尋ねられたのですよ。

お前が今わたしに施しているのは死なのか、それは言葉の死なのかって。

緑なり、わが詩の大地は緑にして高く……
わたしはゆっくりと、ゆっくりと書く、
水の書物のなかの、カモメの韻律で。
塩気が露を犯すとき、われらは誰にむかって歌うのか？
そう尋ねる者にむかって　わたしはそれを書き、遺言する。
緑なり。わたしは畑の書物のなかに
麦の穂の散文でそう書く。
麦は穂とわが内なる色褪せた充満とで、弓なりにしなう。
麦の穂の友であり兄弟であろうとするたびに、
わたしは消滅に抗して生き残るすべを教えられる。
わたしは麦の種子、ふたたび萌え出るために死ぬのだ。
わが死のうちにひとつの生がある。

わたしであるかのように、つまり、わたしでないかのように。
誰もわたしの替わりに死んではくれない。
死者は感謝の言葉しか記憶に留めない。
神がわれわれを慈しみたまうように
忘れていた雄弁を思い出すことは慰めだ。
わたしは父親の死の重荷を背負わせるために　子供を産んだわけ
　ではない。

単語同士の自由結婚の方が好ましい。
詩が散文へと傾いていくとき、
女はしかるべき男を見つける。

わが四肢はエジプトイチジクの上に伸びる。
わが心は惑星のひとつに大地の水を注ぐ。
わたしの後の死にあって　わたしは何であるのか?
わたしの前の死にあって　わたしは何であるのか?

欄外の幻影がいった、オシリスはお前とわたしのようだった。
マリアの子もしかり。
だがしかるべき時に付けられた傷は病める無を毀ち、
一時の死を思考へと練りあげる。

ポエジーはどこより来たるのか?
心の才《ざえ》からか、未知への直覚からか、

それとも砂漠の赤い薔薇からか？
個人的なものは個人的ではなく、宇宙的なものも宇宙的ではない。

わたしであるかのように、わたしでないかのように。
言葉の核心に耳を澄ますたびに見えないものでわたしは満ち溢れ、
わたしのなかで樹木が高く育つ。
わたしは夢から夢へと飛び、しかも終わりがない。
詩暦数千年前、わたしは白い亜麻布の暗闇のうちにうまれたが、
自分の夢と自分とを区別することができなかった。

わたしとはわたしの夢。わたしであるかのように、わたしでないかのように。

北に向かった時　ようやく
わが言葉から牧歌の響きが消えた。
犬どもが静かになった。
丘では山羊どもが霧をまとい、
流れ矢が確実さの額を貫いた。
わたしは馬の背で曖昧に語る言語に疲れた。
過去はイムルウ・ル・カイスの日々をどうするつもりか?
彼はカエサルと脚韻との間で引き裂かれていたではないか。

わたしが神々に顔を向けるたびに、
ラヴェンダーの国では、アナットが抱く月がわたしを照らした。
アナットは物語の換喩の伝説の女主人だ。
彼女は自分のありあまる魅力の他には、誰のためにも嘆かなかった。

このすべての魅力はわたしだけのものだったのか?
わが栄光の空位をわたしと分かちあい、
わたしに宿る女性なるものの垣根から　震え出る薔薇を摘む
詩人はいなかったのか?
わが胸より夜の乳を搾り出す者はいなかったのか?
わたしは始まりにして終わり。わが限界は限界を超える。
わたしの後、ガゼルたちがわが言葉の林に跳ぶ。
おお　わたしの前にでもなく……わたしの後にでもなく。

夢を見るだろう、だが風の馬車を繕うためでも、傷ついた魂を癒すためでもなく。

神話は現実の筋書きのうちに自分の場所を得る。

だが詩は過ぎゆくが、いまだに過ぎゆかない過去も変えることはできない、
地震を食い止めることもできない。

しかしわたしは夢を見るだろう。どこかの国がわたしを、この海の民の一人として、あるがままに受け入れてくれた。

難しい質問はしないでくれ。ここにいるわたしは誰かとか、わたしが本当に母親の子かどうかといった。

わが精神は疑惑の糸で織られているわけではない。

それにわたしは牧者と王たちに包囲されてもいない。

わが現在は未来と同じく、わたしの傍らにいる。

小さなノオトブックさえもっている。

鳥が雲を騒がせるたびに書き留めるのだ。

夢はわが翼を解いた。
わたしもまた飛ぶ。生きているものはすべて鳥。
わたしはわたしでしかなく、それ以外のものではない。

これがわが平野。大麦の祭ともなれば、
わたしは正体に刻まれた文身《いれずみ》のように輝く、わが廃墟を訪れる。
廃墟は風に吹き飛ばされもせず、
永遠に留まりもしない。葡萄祭ともなれば、
わたしは行商人の酒をグラスに一杯呑み干す。
わが魂は軽やかだ。わが体軀は記憶と場所の重荷を背負う。
春ともなれば、わたしは女性観光客になったつもりで、絵葉書にこう書くだろう。
人気のない劇場の左手には、百合の花と知らない人物。

右手には近代都市。

わたしとはわたしであるもの、それ以外ではない。
塩の道を守護するローマの木端役人などではない。
だがわたしはパンのなかの塩に応じて税を払わねばならず、
歴史にむかっていう。奴隷と貶められた王たちでトラックを飾れ。
行ってしまえ。さあ、誰もいわないぞ、駄目だと。

わたしとはわたしであるもの、それ以外ではない。
この夜の民のひとり。
丘の陰に泉を見つけるために、
馬の背に乗って　上へ上へと昇る夢を見る。

しっかり立ち向かえ、おお　わが馬よ！
この風に包まれ、われらはふたたび一つとなる。
お前はわが若さ。わたしはお前の影。
アリフ*19のように起立し、稲妻となれ。
欲望の蹄に引っかけられ、木霊の木目をすり潰せ。
登れ。再生せよ。「わたし」のように直立せよ。
軀を張り詰めよ、わが馬よ。「わたし」のように直立せよ。
アルファベットにある見捨てられた旗のようにこの最後の坂で躓かない
　ように。
この風に包まれ、われらはふたたび一つとなる。お前はわたしのアリバ
　イ。
わたしはお前の隠喩、運命のように径を外れて。
突進せよ、わが馬よ、わが時間をわが場所へと刻み込むのだ。
場所とは径のこと、風を履くお前なくして他に径はない。

星々を蜃気楼のなかで光輝かせろ！

雲の不在にあって光と火花を散らせ！

わが兄弟となれ！　稲妻の案内人となれ、おお　わが馬よ！

この最後の坂で死ぬな！　わたしの目の前に、いや、わたしの後に、わたしとともに。

救急車を逃すな、死者から目を逸らすな。もしかすると、わたしはまだこうして生きている。

わたしは夢見る、表向きの意味を正すためではなく、
恐ろしい旱魃に荒廃したわが内面を癒すため。
わたしは自分のすべての心を暗記していた。
わが心はもはや稚くも甘やかされてもいなかった。
わが心が和らぎ落着くには　アスピリン一錠で充分だ。

見知らぬ隣人のよう、欲望と女だけは別々だったが。
心は鉄のように錆びる。嘆きも憧れも口にせず、
エロチックな情熱の最初の雨に狂うことはない。
八月の雑草のように　乾いた音で鳴ることもない。
わが心は禁欲者のごとし。あるいは比喩でいうと、「カーフ」[*20]のような
　過剰。
心の水が枯れ尽きたとき、美学はいっそう抽象的となる。
情熱は情熱をまとい、処女性が巧緻を装うとき。

若いころの歌に向き返るたびに
言葉の上にヤマツグミの跡を見つける。
昨日はいつだってより美しい日だった、などと
わざわざ口にするような、幸福な少年ではなかった。

だが記憶は二本の軽やかな手で、
大地の熱を煽る。
記憶には泣いている夜の花の香りがして、
亡命者の血に歌への渇望を引き起こす。
時間を見出すことができるように、お前はわが悲しみの高みとなれ。
古代の船を追うにはカモメの羽ばたきひとつで充分だ。
この双子を発見して以来、どれほどの時が過ぎたことか！
時、それから生と同義である自然死のこと。
死がわれわれを取り逃したのだろうか、われわれはまだ生きている。
記憶をよくするわれわれは解放もよくする者。
ギルガメシュの緑の足取りを、繰り返し辿る者。

完璧に創造された塵芥……

小さな水瓶のように、不在がわたしを砕く。
エンキドゥは眠り、二度と目覚めない。
わが翼も眠りに来た、エンキドゥのひとつかみの泥の羽根に包まれて。
わが神々は想像力の地での風の凝固。
わが右腕は木の棒。
荒々しき響きだけが木霊する
涸れ井戸のように見捨てられたこの心。
エンキドゥ！　わが想像力はもはや旅を終わらせるには足りない。
夢を現実にするにはそれ以上の力が必要だ。
武器をよこせ、涙の塩で洗うから。
涙をよこせ、エンキドゥ[*21]、われらが死者が生者を追悼できるように。

わたしはどちら側なのか？
誰が今、眠っているのか、エンキドゥ？　わたしという男、それともお
前？
わが神々は風のように摑みかかる。
だから、人間として無茶のかぎりを尽くして、わたしを起き上がらせて
くれ！
天の神々とわれらの間に慎しい平等を夢見るのだ。
チグリスとユーフラテスの間のこの美しい土地を拓き、名を携えるのは
われらだ。
わたしに疲れたのかね、友よ、なぜわたしを見捨てたのか？

若さなくして、われらが智慧に何の価値がある？
荒地の入口でお前はわたしを置き去りにした。

それゆえ、友よ、お前はわたしを殺したのだ。
われらが運命を見据えなければならない。辛くとも一人で。
わたしは一人で、怒れる大地である。
この世を背負うのだ。
独力で、わが永続性から踏み外れた足取りを許るのだ。
この謎を解かなければならない、エンキドゥ。
わたしはお前にかわってお前の人生を背負うつもりだ。
力と意志が続くかぎりお前の重荷を背負うつもりだ。
わたしとは誰なのか、たった一人で？
わたしの周囲にある　完璧に創造された塵芥。
だがお前の裸の影は　椰子の樹に立てかけておいてやろう。
しかしお前の影はどこ？
幹が折れてしまうと、影はどこにあるというのか？　男の絶頂とは深淵。

お前の内側の獣と戦うため、わたしは女に命じ、お前に乳を与えさせた。
わたしはお前に酷いことをした。そうしてお前は人に馴れ、屈服した。
わたしに優しくあれ、エンキドゥ。お前が死んだところからやり直せ。
わたしは一人、誰なのか。
この問いに答を見つけ出せるかもしれない。
一人の男の人生には足りないものがある。
わたしには問いが不足している。
河を渡るとき、誰に相談すればいい?
だから立って、わたしを運んでくれ、おお、塩の兄弟よ!
眠っているとき、眠っていると知っているだろうか?
目醒めるのだ!　充分ではないか。
賢者たちが狐のようにわたしを取り囲む前に動き出せ。
すべては虚しい。だから瞬時にお前の人生を奪い取れ、問う者と蒸留された草の汁を孕んだままで。
お前の一日のために生きよ、夢のためではなく。すべては死にゆく。
明日に用心せよ。お前を愛する女のうちに、今の人生を生きよ。
お前の肉体のために生きよ、幻想のためではなく。
お前の魂を担う子供を待て。
われわれにとって、不死とは存在のなかでの生殖。
すべては虚しく滅びゆく、いや滅びゆく虚しさ。

わたしとは誰？　『雅歌』を歌う者か？
『コヘレトの言葉』の叡知か？　両方なのか？
わたしは詩人にして王、井戸の縁に立つ賢者。
わが手には雲がない。
わが寺院の円蓋には十一の星[*22]がない。

わが肉体はわたしには小さくなりすぎた。永遠もしかり。
塵埃の王冠に似て、わが未来が自分の座席に座っている。

空なり、空の空なり……空なり！
なべて地上の生はかならずや過ぎゆく。
風は北より吹く。南より吹く。
太陽が太陽から昇る。太陽が太陽に沈む。
だとすれば新しいものなどなく、時間は円環の歩みだ。
明日あるものは昨日ありしもの。無のなかの無。
寺院の甍は高く、小麦の穂も高い。

空が低くなると雨になる。

高らかにもたげられた国は衰亡する。
なべて限界を超えたものはあるとき逆に向かう。
地上の生とは見えないものの影だ。

空なり、空の空なり……空なり！
なべて地上の生はかならずや過ぎゆく。
千四百の馬車と一万二千の馬が金文字で記されたわが名を、世代から世代へと伝える。
わたしは詩人としてではなく、王にして賢者として生きた。
わたしは年老い、栄光に倦み、欲という欲を満たした。
だからなのか、知れば知るほど嘆きが深まるのは？
オルシェリーム[*23]が何だというのか？
王座がわたしに何だというのか？

永遠に留まるものはない。
生まれるに時があり、
死ぬるに時がある。
語るに時があり、
口を閉ざすに時がある。
戦いの時があり、
平和の時がある。
時には時がある。
すべてはかならず過ぎゆく。
すべての河は海に流れこむが、
海が満ちることはない。
すべてはかならず死ぬが、

死が満ちることはない。
留まるものはない、金文字で記されたわが名を除いては。
昔むかし、ソロモンが……
死者が名前をどうするというのか?
黄金はわが広大な暗闇を照らしてくれるのか、
『コヘレトの言葉』の、
あるいは『雅歌』の?

空なり、空の空なり……空なり!
なべて地上に生けるものはかならずや過ぎゆく。

キリストが湖上を歩いたように、わたしは自分のヴィジョンのなかを歩いた。
わたしは高所が恐ろしくて、十字架から降り、
復活を口にしもしなかった。
心臓の鼓動を聴けるよう、自分の韻律を変えただけだ。

英雄たちには鷲。
わたしには鳩の首飾り、
屋根の向こうに捨てられた星、
アッコ港まで通じる曲がりくねった路地、
それ以上でも以下でもない。
わたしが幸福な子供として自分に遺した、あのときの
自分にいってやろう。おはよう。

（当時のわたしは幸福な子供ではなかったが、
隔たりとは巧みな鍛冶師だ、
屑鉄を月に変えてみせる。）

——わたしを知っているかね？　城壁の傍の影に尋ねてみた。
炎を着た少女がわたしに気がついていった。わたしに話しかけているの？
いや。自分に取り付いている影にいったんだよ。
ライラ狂い[*24]が廃墟を彷徨ってるみたいね。
それから彼女は旧市場《スーク》の隅にある店へ戻った。

ほら、われわれはここにいたんだ。
一本の椰子の木が詩人の手紙を海に運ばせていた。
われわれはさほど年老いはしなかった、おお自分よ、
海の景色、われらの敗北を押し戻す城壁。
香水の強い香り、すべてが証人だ。
われわれはまだここにいる、
ここに留まるのだ。
たとえ時が場所から切り離されたとしても
われわれは永遠に別れ別れになったわけではない。

ぼくがわかる?
わたしが見失った少年が叫んだ。
ぼくたちは別れてこそいなかったけど、もういっしょになれないよ。

彼が小さなふたつの波を腕で囲み、高く舞いあがった。
移民って誰のことだと、わたしは尋ねた。

西の岸辺で看守に尋ねた。
——きみは昔のわたしの看守の息子かね？
——そうだ！
——お父さんはどこかね？
「何年か前に死んだ」と、彼はいった。
監視に飽きて、気力を失ったのだ。
だから遺言で俺に仕事を譲って、あんたの歌から街を守ってほしいと。
きみはわたしをどのくらい見張っていた？　わたしの内に自分を閉じ込めてきた？

あんたが最初の歌を書いて以来さ。
でも、きみはまだ生まれていなかっただろう！
俺には時間がある。永遠がある。
俺はアメリカ人みたいに生きたい。
しかもオルシュリームの壁に囲まれて。
自分のことだけを考えろ。わたしは死んだのだ。
きみが見ている男はもうわたし自身ではない！
わたしは自分の亡霊さ。
たくさんだ！　あんたは石の木霊の名じゃないのか？
だったらあんたは去りも戻りもできないのだ。
あんたはまだこのうす暗い独房にいる。俺をほっといてくれ。
わたしはまだここにいるのか？
自由なのか、それとも知らぬままに獄にいるのか？
壁の向こうのこの海はわたしの海なのか？

あんたは自分自身の囚人さ。憧れに囚われた者。
あんたが目の前に見ている男は俺じゃない。俺は自分の亡霊よ。

わたしは自問した。わたしは生きている。
それから亡霊が二人砂漠で出くわしたら、同じ砂の上を歩くだろうか？
夜を独り占めしようと競いあうだろうか？

港の時計がまだ孤独に音を刻んでいた。
時間の夜を気に留める者はいなかった。
漁師が網を投げ、波を編んだ。
恋人たちがナイトクラブで踊った。

夢見る者が眠っているヒバリを撫でて夢を見た。
わたしはいった。わたしは死ぬときに目醒めるのだ。
昨日は充分だ、明日がほしい。
昔の径、海の風の径を歩もう。
どの女にも、バルコニーの下を歩くのを見られずに。
終わりなき旅に必要なものを除けば、記憶もなく。
かつては充分なほど明日があった。
わたしは蝶よりも軽く、笑窪よりも小さかった。
わが眠りを取り去り、二本の椰子のどちらかの下にわたしを隠し
　ておくれ。
優しい夕べの物語のうちに隠しておくれ。
わたしがホメロスの国を彷徨うことができるように、わたしに詩
　を教えておくれ。
アッコ、もっとも古く美しい都よ、

アッコの描写を付け加えてもいいだろうか。
石の箱、まるで閉じられた蜂の巣のように、
生者も死者も乾いた泥のなかを蠢めきあう。
彼らは包囲され攻められるたびに花を放り出し
海に尋ねる。非常口はどこなのかと。

詩を教えてくれ。遠く離れた恋人への歌を必要とする娘がいるかもしれない。
わたしをきみのところへ連れて行っておくれ、力ずくでいいから。
わたしの眠りを両の掌で受け取めておくれ
抱きあい、木霊のもとへ走った。
まるで放浪の雄のガゼルを雌に娶わせたかのように。
わたしは鳩のため教会の扉を開けた……詩を教えてくれ。

この女は毛の服を紡ぎ、
扉の前で待ったので、
拡がりと失望を語るによりふさわしい。
「戦士は戻らなかった。戻るまい。
わたしはあなたを待っている」

キリストが湖上を歩いたように、わたしは自分のヴィジョンのなかを歩く。
しかしわたしは十字架から降りてきた。高みを恐れ、復活を口にしないから。
自分の心臓の音をはっきりと聴きとろうと、ただ自分の調子を変えてみた。
英雄には鷲がつきもの、わたしには鳩の首飾り。

屋根の向こうに捨てられた星、港に出て終わる路地。
この海はわたしのものだ。この新鮮な大気も。
この舗道も、わたしの歩みと種の散らばりもわたしのもの。
古いバス停もわたしのもの。
わが亡霊も　その主も。
銅の壺も「王座の句」[*25]も鍵もわたしのもの。
扉も護衛も鐘もわたしのもの。
城壁を飛び越えた馬蹄もわたしのもの。
過去にわたしのものだったもののすべてはわたしのもの。
新約聖書から切り取られた頁もわたしのもの。
わが家の壁につけた涙の塩の跡もわたしのもの。
横並びの五文字[*26]からなるわたしの名前は、たとえ読み間違ったとしても、
　やはりわたしのもの。
م ミームは狂気の愛、孤児、過去をなしとげた者。

ه ハーウは庭園、愛されし者、二つの当惑と二つの労。
م ミームは冒険家、欲望の病。告知された死に備える亡命者。
و ワーウは別れ、中心なす薔薇、誕生のさいの誓い、父母の約束。
د ダールは導き、道、崩れた家屋の悲しみ、わたしに阿《おもね》り、わたしを血で汚すスズメの悲しみ。

この名前は友人の名前、彼がどこにいようと、しかもわたしの名前。
仮初《かりそめ》の軀でもわたしの軀だ、眼の前にあろうがなかろうが。
今では二メートルの土地で充分。
わたしには一メートル七五で充分だ。
後は鮮やかな花が咲き乱れて、わたしの軀をゆっくりと呑みこんでゆけばいい。
わたしのものだ、かつてわたしのものだった昨日も、
これからわたしのものとなる遠い明日も、
何ごともなかったかのように戻ってくる彷徨える魂も。

そう、何ごともなかったかのように。

愚かしい現在の腕を薄切り。

歴史は犠牲者も英雄も嘲笑う。

彼らに一瞥をくれて　過ぎてゆく。

この海はわたしのもの。この新鮮な大気も。


そしてわたしの名前は、棺に刻まれた名前を読み間違ったとしても、やはりわたしのもの。

わたしはといえば、旅立ちの理由でいっぱいだ。

わたしはわたしのものではない。

わたしはわたしのものではない。

わたしはわたしのものではない。

訳註

＊1　鳩の首飾り＝アンダルシアの詩人イブン・ハズム（九九四―一〇六四）の主著の題名でもある。愛をめぐるこの書物が中世ヨーロッパの宮廷恋愛に影響を与えたことは、よく知られている。「壁に描く」にも登場。

＊2　イムルウ・ル・カイス（？―五四〇？）＝前イスラム期を代表する詩人で、名詩選『アル・ムアッラカート（七）』の作者の一人。イエメン系のキンダ王朝最後の王子であったが、エロティックな詩を書いたため、二度にわたって宮廷を追放された。父王が殺害されると復讐を計って失敗。身の安全のため部族から部族へと転々とし、最終的にはビザンティン帝国のユスティニアヌス皇帝の庇護を受けた。伝説によれば、この薄幸の王子はアラビアに帰還するにさいして、皇帝から贈られた毒を塗った仮面を顔につけ、アンカラで客死した。ダルウィーシュはこの人物に深い共感を示し、しばしば詩に取り上げている。

＊3　アナット＝古代カナーンの月の女神。愛と戦いを司り、美しい処女として描かれる。善神バアールの妹であり、兄の死にさいして彼を探し出すと、ついに冥府から救い出した。

＊4　チュニカ＝古代地中海世界に一般的な服装で、二枚の布を用い、肩口と両脇を縫いあわせる。

＊5　イタカ＝オデュッセウスが十六年にわたる流浪のはてに到達した故郷の島。ここでは明らかにカヴァフィスへの言及が認められる。

＊6　アル・ブフトリー（八二一―八九七）＝アラブの古典詩人。ギリシャ文化の影響を受け、アッバス朝にあって荘重な詩風で知られる。

＊7　天国が…＝いうまでもなく『神曲』煉獄編第31歌が下敷きとされている。だがそれを指摘する前に、ダンテに影響を与えた、イブン・アラビーなどのアラビア語テクストをもちろん考慮しなければならない。

＊8　ナーイ＝ネイともいう。中東の笛。このイ音を綴る文字「ヤー」を、アラビア語文法で弱文字という。

＊9　ミズマール＝ラッパに似た管楽器。

＊10　「ダド」「ヤー」＝29あるアラビア文字のうちの二つ。

＊11　ヒジャーズ＝紅海のアカバ湾から南東の聖地メッカまでの地方。

＊12　アル＝マアッリー＝アブー・アル＝アラー・アル＝マアッリー（九七三―一〇五八）は、アラブ・イスラム文学の盲目の詩人。厭世的で懐疑的な詩風で知られる。冥界廻りを語った『許しの書』はダンテの『神曲』に霊感を与えたとの説あり。

＊13　ブーク＝ホルンやトランペットなどの吹奏楽器。

＊14　ホウダジュ＝遊牧民が女性のため、駱駝の背に乗せた、天蓋のついた輿。イスラム以前の詩

の主たるモチーフである。

＊15　ムアッラカ＝掲げられたもの。掲額詩と訳す場合もある。『アル・ムアッラカート（七）』に収録されている詩の一篇ずつを指していう。

＊16　ムエッズィン＝モスクの尖塔から一日に五回、祈禱の文句を告げ報せる者。このあたりの詩行はボードレールの「レオトンティモルメノス」のパロディ。

廃墟にむかって…＝遊牧民の宿営地の跡に別れを告げることは、アラブ古典詩を書き始めるにあたって詩人がしばしば採用した、儀礼的身振りであった。

＊17　タラファ＝イブン・アル・アブドゥ（五四三？―五六九？）は前イスラム期最大の即興派詩人で、先に述べた『アル・ムアッラカート』に作品が収録されている。

ヌーン＝アラビア文字のひとつ。クルアーン（コーラン）もラフマーンも、同じnを語尾にもっている。

＊18　アル・ラフマン＝99あるという神の御名のひとつで、『コーラン』第55章の表題になっている。井筒俊彦訳では「お情ぶかい御神」。ちなみにこの章では多くの詩句の末尾がヌーンで閉じられている。

＊19　アリフ＝アラビア文字のひとつアリフは、ちょうどIのように直立している。

＊20　「カーフ」＝カーフの文字は「まるで……のよう」を意味するカという前置詞を構成する。

＊21　エンキドゥ＝メソポタミアの古代叙事詩『ギルガメシュ』に登場する英雄。エンキドゥはも

ともと、全智全能に近いギルガメシュを牽制するためにアヌ神が創造した人間であった。彼はギルガメシュのしろしめすウルクの都を訪れ、力比べをして敗れると、以後はその親友となる。ギルガメシュが神々から贈られた神聖なる雄牛を殺してしまったとき、エンキドゥは病に伏して死ぬ。ギルガメシュは悲嘆に暮れ、危険を冒して旅をし、死から免れうる術を体得する。だがせっかく彼がウルクへと持ち帰った魔法の草は、蛇に奪われてしまう。叙事詩は冥界から戻ってきたエンキドゥの魂が、地下世界での恐ろしいありさまを報告するところで終っている。

＊22　十一の星＝『コーラン』のユースフ章に登場し、預言者の証である。

＊23　空なり…＝以下『コヘレトの言葉』からの引用が続く。

＊24　オルシェリーム＝エルサレムのヘブライ読み。看守がイスラエル人だと、これからわかる。

＊25　ライラ狂い＝「マジュヌーンとライラ」とは、アラブ世界でもっとも広く知られている民話のひとつ。「気狂い《マジユヌーン》」という綽名をもつ青年と少女ライラとは、七世紀後半の北部アラビアに実在した人物であるといわれている。彼らの恋愛詩はスーフィ教徒にとって絶好の詩の題材となり、それを通して献身の道と、神へむかう魂の旅が歌われた。ペルシャのニザーミーはこの民話に基づいて、長編ロマンス詩『ライラとマジュヌーン』を一一八九年に発表した。

＊26　「王座の句」＝『コーラン』第2章255節を参照。古来この一節は呪術的効果をもつとされ、しばしば愛唱される。

五文字…＝これ以降、同じ頭文字に始まる単語が、ムタッヤム、ムヤッタム、ムタッミン、マ、マダト……といったぐあいに何行か続く。「ミーム」以下の五文字は全体でマフムードという詩人の名を構成する。

訳者解説

四方田犬彦

マフムード・ダルウィーシュ（一九四一―二〇〇八）はパレスチナの詩人である。

彼はイギリス統治下のパレスチナ北部に生まれ、六歳のときに「イスラエル」という国家が突然に成立して以来、受難の道を歩むことになった。母語はアラビア語であったが、小学校以来、ヘブライ語を強要された。高校を出てイスラエル共産党に入党したものの、二級市民として蔑まれ、いくたびにもわたって投獄と家宅捜査を体験。モスクワに学び、カイロに亡命した後、チュニスにパリに、さらにベイルートにと、文字通り転々と移りながら詩を書き続けた。一九七〇年代、次々と刊行された詩集は評判を呼び、総部数が百万部を超すまでのブームを巻き起こした。

ダルウィーシュはパレスチナに向かって呼びかけた。一九六六年、二五歳のときに発表した「パレスチナから来た恋人」という詩の冒頭を引いてみよう。七〇年代になって日本の高橋悠治が翻訳して曲をつけ、水牛楽団が演奏したこともあるので、ご存知の方もいるかもしれない。

きみの眼は僕の心の棘《とげ》
痛いけれど　僕にはそれが懐かしい
僕は棘を風から庇《かば》ってみせる。
夜からも苦しみからも、自分の軀《からだ》で覆って守ってみせる、
その棘がランタンに火を灯すのだ、
棘の明日があって　僕がいる
僕の魂よりも僕にもっと親しい棘。
むかし、扉の陰で、僕たちが二人きりだったなんて、
目と目が遭うとすぐに忘れてしまう。

「パレスチナから来た恋人」は大きな話題を呼び、ダルウィーシュはアラビア語圏でベストセラー詩人として注目された。

一読するとただちにわかるのだが、この詩はパレスチナ人に向かって書かれている。もっともその後、七〇年代に入って詩人の作詩の姿勢は大きく変化する。単に故郷を追放されたり、恐怖と屈辱のうちにイスラエル国内に留まっている者たちを読者とし、悲惨と不正義を表象するだけでは不充分である。東西の文学的記憶を自在に渉猟しながら、いかにアラブ現代詩を構築していくか。アラビア語を詩的言語としていかに更新していくかという問題が、その詩作の根底に置かれることになる。ダルウィーシュの詩作品を昨今の「ガザ」ジャーナリズムのなかで安易に語ることが的外れであることは、そのためである。

さて亡命後のダルウィーシュであるが、あるときからダルウィーシュはいつしかPLO（パレスチナ解放機構）の重鎮となった。もっとも、オスロ合意には疑問を抱き、入閣を誘うアラファト議長の申し出を拒んだ。晩年はヨルダン川西岸のラマッラーに住み、執筆に専念した。その詩とエッセイはさまざまなヨーロッパの言語に翻訳され、彼に詩人としての名声を与えた。二〇〇八年、彼は心臓手術の失敗から他界した。享年六八。死に際しては、アラブ諸国とフランスで、アラビア語で書く今日最大の詩人が逝去したという表現が用いられ、数多くの追悼文が執筆され、死を悼む集会が開かれた。

入獄と亡命に彩られた、文字通り波乱万丈の詩人だった。

ダルウィーシュという名前をはじめて知ったのは、エドワード・W・サイードの『最後の空の下で』というエッセイ集においてである。コロンビア大学でわたしはサイード先生の講義を受けていた。一九八八年の冬、ニューヨークでこの書物を見つけたわたしは、ただちに一読して『オリエンタリズム』の著者の傷《いた》ましい来歴を知り、亡命者にして初めてなしうる比較文学論のあり方に強い関心をもった。そのとき書物の不思議な題名が一人のパレスチナの詩人の作品に由来していることを知った。何年か経ってこの書物は『パレスチナとは何か』（島弘之訳、岩波書店）として刊行された。もっとも残念なことに訳本の表題からは、著者がダルウィーシュの詩に寄せた共感は消えうせていたが。

ダルウィーシュは書いている。

地がわれらを圧迫して、とうとう最後の路地にまで追い詰めてゆく。
われらは何とか通り抜けようと、自分の手や足まで捥《も》ぎ取ったというのに
地はわれらを締め付ける。小麦だったら死んでもまた生まれることができるだろ

うが
地が母親だったら、慈しみでわれらを癒してくれるだろうに
われらが岩に描かれた絵であったなら　鏡のように夢が運び去ってくれるだろうに。

魂の最期の戦いのとき、われらの中で最後に生き残った者が
殺そうとしている者の顔を一瞥する。
われらは殺戮者の子供たちのお祝いパーティを想像し悲しむ。
われらは見た、この最後の場所に開く窓から、われらの子供たちを放り投げた者の顔を。

星がひとつ、われらの鏡を磨いてくれるだろう。
世界の果てに辿り着いたとき、われらはどこへ行けばよいのか。
最後の空が終わったとき、鳥はどこで飛べばよいのか。
最後の息を吐き終えたとき、草花はどこで眠りに就けばよいのか。
われらは深紅の霧でもって自分の名前を記すのだ!
みずからの肉体をもって聖歌を終わらせるのだ。
ここで死ぬのだ。この最後の路地で死ぬのだ。

やがてここかしこで、われらの血からオリーヴの樹が生えてくることだろう。

「地がわれらを圧迫して」は一九八六年に刊行された『少なくなった薔薇』*Ward aqall*（*Fewer roses*）に収録された詩篇である。ダルウィーシュの詩のなかでもっとも有名なものであり、昨今のガザ・ジャーナリストのなかには、極限的な非人道的な状況に追い詰められたガザの状況を、作者が実況中継のように現地から語っている詩だと説明する人もいるようだが、それは正確ではない。一九八〇年代の前半、作者はパリに亡命し、地中海の向こう側からパレスチナとレバノンの災禍を見つめていた。簡単にこの時期の中東情勢を説明しておいた方がいいだろう。

一九七〇年、パレスチナ解放機構（ＰＬＯ）が本拠地をベイルートに置いて以来、レバノンは一気に政治的緊張に包まれてきた。パレスチナの抵抗運動を支持連帯するアラブ民族主義者と左派勢力と、ＰＬＯの滞留はイスラエルの攻撃を誘発するばかりだと説く、キリスト教徒中心の右派勢力との間で対立が激化し、一九七五年には以後一五年にわたる内戦が開始された。ベイルートの市街は東西に分断され、市民の間で壮絶な銃撃戦が交わされた。一九七八年と八二年、その混乱に乗じて、イスラエル軍がレバノンに侵攻。ＰＬＯをベイルートから撤退させると、右派勢力に武器を渡し、パレスチナ難民の「浄化」虐殺を示唆した。かくして占領軍の傀儡《かいらい》である民兵組織によって、サブラ・シャティーラ難民キャンプでの虐殺が行われた。イスラエル軍はその後も南レバノンの占領を続け、一九八五年にようやく撤退。この時には対イスラエル協力者の少なからぬ部分がそれに従って、国境を越えた。「地がわれらを圧迫して」という詩を理解するには、こうした複雑に入り組んだ敵味方の対立と背信の関係とを、一応念頭に入れておく必要がある。

冒頭の一行を読んでみよう。「われらを圧迫して、とうとう最後の路地にまで追い詰めてゆく」のは、「イスラエル軍」でもなければ、右派の民兵組織でもない。「地」、つまり全世界を天とともに二分している大地そのものなのである。それはわれわれの状況がもはや世俗的な戦闘行為ではなく、世界と生命の存続を危機に陥れている終末に近いものであることを示している。一粒の麦は死して多くの実を実らせると、かつて『マタイ福音書』のイエスは説いたが、すでにその言葉は意味をなくしてしまった。東西の神話が説く、慈しみ深い大地の母親からの加護も、もはや期待できない。自在に想像力を働かせ、みごとな洞窟絵画を制作した太古の人類たちからも、われわらはほど遠いところに来てしまった。もうどこにも行きようがない。未来に期待を託し人間らしく生きることなど、とうに不可能になってしまった。自分の手を捥ぎ取り、足を切り落としてでもいいから、とにかく生き延びること。それだけしか考えられないのだ。

「みずからの肉体をもって聖歌を終わらせるのだ」という、最後から二行目の一行についても、ここで註釈しておいた方がいい。

第二次世界大戦中、ワルシャワのゲットーに閉じ込められていたユダヤ人たちは、最後の瞬間に武器を携え蜂起した。シェーンベルクの「ワルシャワの生き残り」は、この事件を素材に、ナチス・ドイツによるユダヤ人虐殺を描いた記念碑的な作品であり、わずか七分という短さにもかかわらず、畏怖すべき強度に満ちている。その最終部では、予期せぬことではあるが殺害されたばかりの夥しい死者が蘇り、いっせいに「申命記」六章を力強く合唱する。ユダヤ人が古代から継承してきた「聖歌」が、虐殺者に対して信仰の勝利を宣言する一瞬である。

ダルウィーシュはこの美しくも英雄的に歌い上げられたユダヤ人抵抗物語を、あっさりと足蹴にしてしまう。もはや「聖歌」などありえない。われらが自分の名前を記すとすれば、それは血しぶきによってであり、「聖歌」の代わりには押し潰され、切り刻まれていく「みずからの肉体」しかないのだ。パレスチナ人にどうして聖歌などありえようか。

死を目前とした者にしか口にすることができない、恐ろしい隠喩である。だがひとたび死を覚悟した語り手は、自分の生命が犠牲となり、自分の血が大地に流されることで、そこから、あちらこちらからオリーヴの樹が生えてくることを期待する。

では最後の一行はどうか。オリーヴの枝が平和と世界の秩序の回復の象徴であるという、旧約聖書の記述だけでは、それを解釈することはできない。パレスチナに侵攻するイスラエル軍、ユダヤ人の入植者たちが新しく獲得した地で最初にすることのひとつが、オリーヴ樹の伐採であることを、詩の読者はあらかじめ知っていなければならない。イスラエル政府はその空地を鉄条網で囲い、ヨーロッパの針葉樹林を植えると、風景をヨーロッパ的な雰囲気に変換させる。パレスチナ人にとって親密さの象徴であるオリーヴの老樹の伐採は、彼らの親密的な共同空間の破壊であり、安息の消滅に他ならない。ダルウィーシュの最後の一行は、最後の路地にまで追い詰められ殺害される寸前の者が、みずからの死を媒介としてオリーヴの新しい発芽と成長を祈願するという内容である。

「地がわれらを圧迫して」という、わずか一七行の詩について長々と書いてきたが、ダルウィーシュの詩的言語のもつ凝縮性と強度に正面から立ち会うためには、こうした文脈への理解が必要であることを認識していただきたいと思う。二〇二三年一〇月以降のガザを天才的に予言した詩であるという説明だけでは不充分なのである。「地がわれらを圧迫して」というこの詩は、悲痛きわまりないものだ。薄皮の一枚が破れればたちどころに内側に封じ込まれていた叫びという叫びが噴出し、作品の態をなさなくなるであろうという緊張を、かろうじて詩という枠組みが押え込んでいる。わたしはサイードの書物に引用されているこの一篇のわずか二行の断片を通じて、ダルウィーシュという未知の詩人から強烈な印象を受け取った。そしてただちに彼の詩集を集めようと決意した。ところがわたしは重大な錯誤に気付いていなかった。自分が皆目アラビア語を解さないことを失念していたのである。ベイルートで刊行されている何冊もの著作集が船便でわが家に到着したとき、わたしはそれに気付いた。そこで計画を変更し、可能なかぎり彼の英訳と仏訳を渉猟し、日本のアラブ詩研究家に全篇にわたって校閲を依頼した。

詩集は書肆山田から『壁に描く』という表題で二〇〇六年に刊行されたが、現代詩人による書評はひとつも出ず、完璧に無視された。わずかに生前のダルウィーシュと親交のあった作家、小中陽太郎氏がエッセイで取りあげてくださったのが、貴重なる例外であった。

マフムード・ダルウィーシュは一九四一年に、当時イギリス統治下であったパレスチナ北部、アッコ近くの村ビルウェに生まれた。七歳のときイスラエルという国家がシオニストによって突然に成立し、軍が村を占拠する。一家は虐殺から逃れるためレバノンに逃げた。ちなみにイスラエルは村を徹底的に破壊し尽くし、現在ではそこにはアラブ系住民もいなければ、村の痕跡を示すものは、ビルウェという地名すら存在していない。

一年後の一九四九年、ダルウィーシュ一家はこっそりとレバノンより境界を越えて戻る。だがイスラエル側の人口調査に遅れてしまったため、イスラエル国内のパレスチナ人として住民登録される機会を逸してしまう。この曖昧な身分のため、一九六六年まで彼らはイスラエル国内にあって別の村に向かうさいにも、軍の許可を必要とするという屈辱的な立場に置かれた。その場所に存在しながらも法的には不在であるという状況に長い間置かれたことが、マフムード少年の人生を根本的に方向づけることとなった。

もとより利発だったマフムードは八歳のとき、小学校で来賓が集う席で、イスラエル国家を顕彰する自作の詩を朗読することを、教師から求められる。彼はいならぶ人々と生徒を前に、パレスチナの少年がユダヤ人の少年に話しかけるという詩をアラビア語で読み上げる。「きみは太陽のしたで好きなだけ遊べるし、おもちゃだって持っているのに、ぼくには何もない。きみには家があるけど、ぼくにはそれもない。きみにはお祝いがあるけど、ぼくにはない。なぜいっしょに遊んじゃいけないのだろう？」詩人ダルウィーシュのデビュー作である。翌日、少年はイスラエル軍司令官に呼ばれ、詩をさんざんに罵倒されたばかりか、このために父親が仕事を失うことになるだろうと脅迫される。少年にはまだその理由が理解できないが、家族のことを考えると泣き出さないわけにはいかない。ほどなくして彼は転校を余儀なくされる。ちなみに後になって彼はイスラエル官憲の手でいくたびも投獄されたが、その罪状はつねに詩を朗読したことと、許可なく国内を移動したことであった。

一九六〇年、高校を卒業したダルウィーシュはハイファに向かい、イスラエル共産党が刊行する新聞の編集と翻訳に携わることとなる。ハイファは、厳粛な宗教都市エルサレムやシオニズム理念に基づくテルアヴィヴとは異なり、パレスチナ人とユダヤ人が比較的温和に共存しているリベラルな都市で、共産党員の間には民族を超えた結婚が奨励されていた時期もあったほどであった。この時期に書き溜めた詩を纏《まと》めて、一九六四年に処女詩集『オリーヴの樹』を刊行する。続いて先に引いた『パレスチナから来た恋人』（一九六六）を始め、『夜の終わり』（一九六七）、『ガリラヤでは鳥が死

のうとしている』（一九六九）といった詩集を矢継ぎ早に発表。一九六九年に金芝河（キムジハ）

に先立つこと数年にして、第一回ロータス賞を受賞する。

度重なる投獄と家宅捜査、官憲の嫌がらせは、ダルウィーシュについにイスラエルを離れることを決意させる。一九七〇年にモスクワの社会科学学院に留学。翌七一年にはカイロに亡命して、日刊新聞「アル・アフラン」の記者となる。おりしも時は若きアラファトの率いるPLOが、全世界に向かいパレスチナの解放を訴え出した時期であった。ダルウィーシュはベイルートに向かうと、ただちにPLOに参加。七三年からはパレスチナ研究所が刊行する学術研究誌『シュウーン・フィラスティーニヤ（パレスチナ事情）』の編集に携わることになる。イスラエルを出国してからは、解放感も手伝って詩作の量はとりわけめざましく、『わが愛はベッドを去る』（一九七〇）、『きみが好き／好きじゃない』（一九七二）、『審理番号7番』（一九七三）、『それが彼女のイメージ、これが恋人の自殺』（一九七五）、『結婚』（一九七七）と、矢継ぎ早に売れ線の詩集を発表。総部数が百万部を超すブームとなる。この勢いを借りて、ダルウィーシュは一九八一年にベイルートに拠点を置く季刊文芸誌『アル・カルメル』を創刊する。主幹として健筆を振るおうとした直後に、翌八二年にイスラエル軍がレバノンを急襲。ベイルートは陥落し、多数の市民が死傷する。ダルウィーシュはまずカイロへ、さらにチュニスへ、またさらにパリへと亡命を重ね、かの地で『アル・カルメル』の刊行を続ける。『高い影への賞賛』(一九八三)、『海の頌の包囲』(一九八四)、『これは歌、これも歌』(一九八四)、『少なくなった薔薇』(一九八六)、『ナルシスの悲劇、銀の喜劇』(一九八九)、『見たいものを見る』(一九九〇)、『十一の星』(一九九二)といった詩集が、この亡命時代に執筆される。ちなみにダルウィーシュは一九八三年に、レーニン平和賞を受けている。

パリで一〇年以上の歳月が経過する。彼はいつしかPLOの執行委員会に重鎮メンバーとして名を連ねるようになる。一九九三年のオスロ合意の後、アラファトはパレスチナ自治政府を発足させるにあたり、ダルウィーシュに入閣を強く求める。ド・ゴール政権におけるマルロー文化相の例を引き合いに出して説得を重ねる。だが合意そのものに強い疑義を抱いていたダルウィーシュはそれに応じず、「たとえパレスチナがフランスのごとき大国であり、アラファトがド・ゴールのように偉大な抵抗運動家であったとしても、自分はマルローよりもサルトルの道を選ぶ」と、大見得を切って拒否する。自分の本分は政治家ではなく、どこまでも現実をある視座から認識する詩人であるというのが、その主張であった。

とはいうものの彼はその後パリでの亡命生活に終止符を打ち、一九九五年にはアンマン経由でヨルダン川西岸のラマッラーに居を移す。家族と再会するまでに、こうして二〇年以上の歳月が経過していた。『どうして馬を置き去りにしたのか』（一九九五）、『異邦人の寝台』（一九九九）が、この時期に刊行され、二〇〇〇年には二〇冊目の詩集である長篇詩『壁に描く』が刊行される。またこれと前後して、カリフォルニア大学出版から英語、ガリマール社からフランス語で、彼の主だった作品を収録したアンソロジーが刊行される。二〇〇二年には、シャロン首相の「神殿の丘」訪問が契機となって勃発した抗議と暴動、投石と自爆攻撃（第二次インティファーダ）の直後にイスラエル軍によって過酷な外出禁止令が発動されたラマッラーでの日々を主題に、『包囲状態』を発表。これはフランスの写真家オリヴィエ・チボドーによる映像を伴っている。

また順序はいささか前後するが、ダルウィーシュには『ありきたりの悲嘆の日記』（一九七三）、『さらば戦争、さらば平和』（一九七四）、『忘却のための記憶』（一九八七）、『書簡』（一九九〇）、『移動する対話のなかの移動』（一九九〇）といった散文の著作がある。とりわけ『忘却のための記憶』は、一九八二年のイスラエル軍のベイルート占領の日常の見聞を、八月六日の広島の日から書き起こした壮絶な記録であり、書くこと（記憶）と歴史（忘却）との間の根源的な関係を問うたルポルタージュとして、翻訳が待たれる。「記憶は回想などしないが、その上に降りしきる歴史の雨を受け止めるものだ」と、彼は記す。

『してしまったことに言い訳などしてはいけない』（二〇〇三）は、最晩年の詩集である。作風は以前にもまして自在となり、より辛辣なアイロニーに満ちている。作者は自分の分身との対話をさまざまな「施律」を用いて語っている。

二〇〇四年に六三歳を迎えたダルウィーシュは、サミル・アブダラーとホゼ・レイネスのドキュメンタリー映画『前線の作家たち』（日本未公開）と、ジャン＝リュック・ゴダールの『われらの音楽』（邦題は『アワーミュージック』）という二本のフィルムに出演し、心臓手術後の元気な姿を披露していた。前者は、ショインカ、北島《ペイタオ》、ゴイチソロといった世界の著名な文学者たちが、イスラエル側が設置した検問所を抜けてラマッラーに彼を訪れ、自由とエクリチュールをめぐって討議するさまが描かれている。後者ではボスニア独立戦争の余韻の残るサラエヴォで、ダルウィーシュが女性ジャーナリストに向かって、憎悪と解放をめぐる問いに答えるところにフィルムの焦点が当てられる。

『われらの音楽』のなかでダルウィーシュは、爆撃によって廃墟と化したサラエヴォ図書館にある、がらんとした一室で、焼け残った埃だらけの書物を一冊一冊とりあげ、そのデータを書類に記録している。いうなれば瓦礫《がれき》のなかで西洋文明の遺産をなんとか継承しようと努めている。アメリカ先住民の男たちが出現して、白人文明の愚かしさを批判するが、彼は意にも介さない。そこへイスラエルのユダヤ人左派の新聞記者が現れ、パレスチナ／イスラエル問題について発言を求めてきたので、彼は次のように答える。

「運命の望むところによって、わたし個人の歴史は集合的な歴史と入り混じってしまった。わたしの人びとは、そこにわたしの声を認めるのだ。」

「なぜわれわれは有名なのか。きみたちが敵だからだ。たぶん、いや、おそらくだが、ユダヤが問題だからだ。人が関心を抱くのはきみのことであって、わたしのことではない。われわれに不運だったのは、敵となったのが他ならぬイスラエルだったということだ。運がよかったといっても、まあ似たようなものだがね。いうなれば、ユダヤ人は世界の中心だからだ。われわれの敗北も名誉もきみたち次第だ。誰もがわたしにではなく、きみに関心がある。わたしには幻想などない。」

女性記者が茶々を入れる。「それって、先生、まるでユダヤ人のように話している！」

「ユダヤ人のように話す」とは、この場合、犠牲者の側に身を置きながら語るという意味である。

ダルウィーシュの詩のスタイルは、けっして高踏的なものではない。かといって政治的プロパガンダをよしとするものでもない。書きぶりは一見牧歌的に見えて晦渋であり、辛辣さの背後に無垢なる感情が見え隠れしていたりする。地中海を背景とした人生への達観においてカヴァフィス、大地母神への帰依においてネルーダ、寓意的思考においてロルカと比較することは、あながち間違ってはいない。煮ても焼いても食えない辛辣さという点では、日本の金子光晴などは、案外いい勝負かもしれない。ダルウィーシュ本人の述懐するところによれば、このリストにはユダヤ教の神秘詩人ハイム・ビアリックと、エルサレムを生涯歌い続けたイェフダ・アミハイを付け加えておくべきであろう。

筆舌に尽くせない、惨めたらしい事件が生じる。詩人はそれを記録する。惨事によって直接に喚起される暴力的な感情をなんとか取り除きながら、事態の本質をテクストとして読者に差し出す。それはある意味で惨事をめぐる忘却であり、忘却を超えたところにある記憶化にほかならない。詩人としてダルウィーシュが向かいあっているのは、パレスチナという場所そのものが矛盾とアイロニーから造り上げられてきたからだ。

彼はみずから編集する『アル・カルメル』誌において、こう語っている（イブラヒム・ムハーウィによる『忘却のための記憶』英訳本の序文より引用）。

「一篇の詩は詩人と読者の間の関係においてのみ存在する。わたしは自分の読者を必要としている。もっとも読者が望むがままにわたしのことを書きやめず、せっかく読んでくれても、わたしの顔立ちをすっかりこそげ落としてしまうような文章を書くというのなら、話は別であるが、自分の詩が誤解の祭壇の上で殺害されたり、ステレオタイプの意図により誤謬の犠牲とされなければならない理由は、自分にはわからない。わたしは単にパレスチナの市民であるだけではない。もちろんパレスチナとの関わりは誇りに思っているし、パレスチナの事態をめぐって身を捧げることには吝《やぶさ》かではない。だがわたしはまた、自分の民衆の歴史と闘争を、美学的な角度から取り上げてみたいと考えているのである。思いつきの政治的理解からなる、どこでも誰もが繰り返し口にするような意味あいとは、まったく異なった角度から。」

ここで詩人とも深い親交をもち、彼を「さまよえる亡命者」と親しげに呼び慣わしてきたサイードの言葉を引くことにしよう。

「ダルウィーシュの最近の詩は強い緊張をもち、意図的に容易な解決を拒むような性格をもっていて、アドルノが晩年のスタイルと呼ぶ典型であるといえる。そこでは紋切型と優雅さ、歴史性と超越的美学が結びついて、これまで誰もが実際に体験しえたことを超えて、驚くべき生《なま》の感覚をもたらしている。」

ところで長々と解説をしていても仕方がないので、ここらで彼の詩を何篇か引いてみることにしたい。一九八六年に刊行された詩集『少なくなった薔薇』に収められた、「また野蛮人がやって来る」という作品である。

また野蛮人がやって来る。皇帝の妻は勾引《かどわ》かされる。太鼓が高く打たれる。馬どもが屍《しかばね》を跳び越え、エーゲ海からダーダネルス海峡まで走るために、太鼓は打たれる。だから、どうだというのだ。馬の駆け競べが、妻たちにどう関係があるのか。

皇帝の妻は勾引かされる、太鼓は高く打たれ、また野蛮人がやって来る。野蛮人は町の空虚に気付く。海よりもわずかに高く、狂気のときにあって剣よりも強い町の。だから、どうだというのだ。この不逞《ふてい》の輩《やから》が、子供たちにどう関係があるのか。

太鼓が高く打たれ、また野蛮人がやって来る。皇帝の妻は寝所から引き出される。皇帝は寝所から軍に檄を飛ばし、愛人の奪還を命じる。われらにどうしろというのだ。このつかの間の結婚のことなど、五万の犠牲者にどう関係があるのか。

われらの後にもホメロスは生まれてくるのだろうか……万人のために、神話は扉を開いてくれるだろうか。

「エーゲ海からダーダネルス海峡まで」という固有名詞があるため、この詩の舞台は一応、紀元前に生じたトロイア戦争であると考えていいかもしれない。だがそう指摘したところで、実はほとんど意味がないことが読み終わって判明する。ローマ帝国の兵士たちから十字軍、さらに二〇世紀にあってはイギリス軍とシオニストといった風に、次々と異国の軍隊によって蹂躙され、強奪と虐殺を被ってきたパレスチナ人にして執筆しうる詩であるためである。とはいえ、だからといってこの作品がパレスチナという一地域の特殊な物語に限定されているわけでもない。いくたびも反復される語句は、歴史の悪逆が際限なくなされてきたことを、あたかも摩滅した版画の版木のように提示し、それに距離をもって接するという身振りを語り手に与えている。ホメロスの語る古代叙事詩の世界と、現下に埃の舞うパレスチナで行われている惨劇とが、人物たちの行動の型を機軸として巧みに重ねあわされているのである。原型とその反復。つねに回帰してやまない時間の悪しき円環。

「だからどうだというのだ」「われらにどうしろというのだ」という強い言葉の陰に隠されているのは、歴史の周縁にあって無力のまま放置されてきた弱者たちが抱き続けてきたメランコリア、さらにそれをめぐる無力感と絶望である。だがこの詩の最後にいたって、ダルウィーシュはついに円環する時間に対する苛立ちを、抑えきれないかのように訴える。「われらの後にもホメロスは生まれてくるのだろうか……万人のために、神話は扉を開いてくれるだろうか。」

末尾に記された二行は、ダルウィーシュのこれまでの詩的営為とパレスチナの半世紀以上にわたる厄難を考えてみると、その意味するところがなかなか晦渋である。

かつてホメロスがトロイア戦争を叙事詩に仕立てあげ、その記憶のすべては荘厳な神話として今日にまで語り継がれている。われわれの住まうパレスチナの地にあっても、占領と虐殺に対してそれにふさわしいホメロスが登場してしかるべきである。いや彼の到来をこそ待ち望むべきである。できることならば、詩人である自分はそれを目標として詩作に邁進すべきではないか。こうした期待の呼びかけがこの二行には込められている。

だが詩の結論をそう楽天的に解釈した瞬間から、それに反対する別の解釈が台頭してくる。なるほどホメロスはトロイア戦争を語ったかもしれない。だが文学がいくら悲惨を神話として謳いあげることはできても、それがその後も繰り返されることを制止することはできなかった。たとえ現在第二、第三のホメロスがパレスチナの地に降り来たって悲惨を題材に叙事詩を作り上げたとしても、それが一体何だというのか。詩と神話は現実の悲惨にいかなる終止符を与えてくれるというのか。

最後により絶望的な解釈が到来する。もうホメロスは二度と出現しないだろう。現下の悲惨を叙事詩の形にして後世へと語り継ぐシステムは、すでに断ち切られてしまって久しい。われわれの体験は当事者が死に絶えてしまった瞬間から忘却の彼方へと飛び去ってしまい、古代ギリシャの荘厳なる物語だけが永遠の相の下に、戦争という観念を古典的に伝えていくばかりだろう。われわれが目下体験している憎悪と屈辱とは、ホメロスの時代には想像も及ばなかった強烈な悲惨なのであって、叙事詩の説話の文脈にほどよく表象されうるようなものではない。そしてその体験は人類によって語り継がれることもなく、また記憶されることもなく、消滅してしまうのだ。

ダルウィーシュはこの三つの解釈のいずれにも裁定を下さず、あえてすべてを可能態のままにしている。深い懐疑だけが彼の心を支配している。このとき読者であるわれわれの前に立ち上がってくるのは、ではたして詩とはいかにして可能なのかという根源的な問いである。パレスチナの悲惨を目の当たりにして、もはやホメロスの時代から数千年を経たわれわれは、記憶のメディアとしての詩的言語にどこまで信を置くことができるのだろうか。ダルウィーシュは古今の叙事詩に精通していたが、みずからはけっして叙事詩のもつ超越的な視座から物語を語ろうとはしなかった。それは、こうしたアドルノ的とも呼べる問題にどこか捕らわれていたからであろう。

「また野蛮人がやって来る」という作品についていささか長く語りすぎた感があるが、最後にダルウィーシュ本人がゴダール映画のなかでインタヴューに答えた言葉を引いておこう。
彼はまず、「自分は負けた側の詩人である」と宣言する。「わたしは不在の名のもとに語る。戦いに敗れたトロイヤの側に立つということだ。勝った側よりも負けた側にこそ、より多くの詩と人間性がある。」盲目のホメロスは何も知らないまま、勝者の側からトロイヤ戦争を歌った。しかしパレスチナ人である自分は、ホメロスとは逆の道を選び、敗北した者の知恵と人間性を探究してきたのだと、彼は主張したいかのようである。

次に同じく『少なくなった薔薇』から、「この大地にあって」を引いてみよう。

この大地にあってまだ生に値するもの、
四月の躊躇《ためら》い、夜明けのパンの匂い、女から見た男の品定め、アイスキュロスの
作品、
愛の始まり、石の上の雑草、笛の悲しみに生きる母親、侵略者の記憶への恐れ。

この大地にあってまだ生に値するもの、
九月の最後の日、四十を過ぎて杏《あんず》の実が熟れきった女、獄舎に陽が差し込む時間、
　生きものたちを真似る雲、
微笑を浮かべ死に向き合う者への賞賛、独裁者の歌への恐怖。

この大地にあってまだ生に値するもの、
女なる大地、すべての始まりと終わりを司る大地。かつてパレスチナと呼ばれ、
　のちにパレスチナと呼ばれるようになった。
わがきみよ、汝がわがきみであるかぎり、われに生きる価値あり。

人生のさまざまな相を愛してやまない、ダルウィーシュの面目躍如ともいうべき詩である。この一篇を読んだだけでも、彼が単に政治的抵抗の詩人として要約することのできない、生への豊かな愛を抱いていることが理解できるだろう。

とはいえ詩人が五九歳のとき、二〇〇〇年に一冊の単行本として刊行された長篇詩

『壁に描く』には、深い死の影が射し、それを媒介として生の全体が総合的に回顧され、「わたしはある日、なりたいものとなる」というルフランが唱えられることになる。ちなみにこの言葉は、『出エジプト記』三章一四節からの引用であり、ユダヤ教における神の自己定義のひとつである。文語訳日本語聖書では、「我は有《あり》て在《あ》る者なり」と翻訳されている。

頁数にして八〇頁を越えるこの詩は、次のように書き出される。

これがあなたの名前、と彼女はいい
螺旋《らせん》の回廊に消えた……

天国が手の届くところに見える。白鳩の翼がわたしを
今ひとつの子供時代へと引き上げてくれる。夢を見ていたなんて、
夢にも知らなかった――すべてが現実だ。
わかっていた、わが身を脇に置いて　飛ぶのだと。
究極の天球にあって、わたしはなるべきものとなる。

すべてが白い。海は白い雲のうえで白い。
絶対の白い空にあって、白とは無だ。
わたしはいたのだった、いなかったのだった。
白い永遠を抜けてひとり彷徨い
時間前に到着する。
地上では何をしていたのか？　と、
わたしに尋ねようとする天使はひとりも現われなかった。
祝福された魂の賛美歌も、罪人の嘆きも聞かなかった。
わたしは白のなかでひとり、わたしはひとりだ。

心臓発作で入院した詩人と看護師との対話。死が目前にあると知った詩人は自分が「白い永遠」の途上にあることを知る。

前に死んだことがあるかのようだ。そのヴィジョンには見憶えがある。

自分が未知へと進もうとしているとわかる。

まだどこかで生きているような気がする。

欲しいものはわかる。

わたしはある日、なりたいものとなる。
わたしはある日、いかなる剣も書物も
荒野へと携えていけぬ思考となる。
草の刀に断ち割られる山に降る雨のような
勝利も、力も逃げまどう正義もない!

わたしはある日、なりたいものとなる。

わたしはある日　鳥となって、自分の無から存在を引っ摑む。

死とは未知への旅であり、新しい探求である。それは「なりたいものとなる」ことだ。「わたし」は鳥となって灰から蘇り、詩人となって隠喩を駆使してみせる。葡萄の樹となって人々に慰めを与え、伝言となり、それを運ぶ使者となる。以下、病院の寝台に横たわりながら、長い独白が続く。彼は人生のさまざまな光景を回顧する。警官たちによって棒で殴られたこと。父親が巡礼から戻ってきたこと。ルネ・シャールとハイデッガーの対話を、間近で目撃したこと。女たちが泣きながら、黄金の糸で自分の経帷子《きようかたびら》を縫っているさまを見たこと……。

わたしは生きたい……船の背でやるべき仕事がある。
われらの飢えと船酔いから鳥を救うことではなく、
洪水に立ち会うという仕事だ。次は何が来るのか？
この古き土地に生き残った者は何をすればいいのか？
もう一度　物語を繰り返すのか？
始まりとは　終わりとは　何なのか？
死者のもとから真実を告げに戻ってきた者はいなかった。

死よ、この大地の手前で、お前の王国でわたしを待っていてくれ。
わたしが残りの人生にわずかばかりの言葉を語るまで、テントの傍で待っていて
くれ。
タラファをすべて読んでおきたいのだ、時をくれ。
実存主義者は自由やら正義やら
それに神々のワインとやらで一瞬一瞬を浪費せよと　わたしを誘惑する。
死よ、自分の葬式の手はずを整える時をくれ。
このはかない新春に　わたしに時をくれ。
わたしは春に生まれた。わたしはこの胸を突く悲しみの国について、
時とその軍勢の前に立ち塞がる無花果《いちじく》とオリーヴの樹木の抗いについて、
雄弁家たちの際限のない演説を遮るだろう。

詩人は死に向かって語りかける。だがときおり、看護師の声がそれを遮る。彼女には彼の言葉が譫言《うわごと》にしか聞こえないのだ。わたしが今、先生に施しているのが死なのか、それとも言葉の死なのかと尋ねられても、お答えのしようがありませんわ。
「壁に描く」はきわめて高揚した詩行で幕を閉じる。「ムタッヤム、ムヤッタム、ム

タッミン、マ・マダト……」といった風に、五つの文字によって頭韻が踏まれ、ミームからダールまでの五文字が「マフムード」という詩人の名を構成する。「わたし」は時間と空間を越え、「わたし」自身への帰属をも拒んで、新しい旅に出発する。

キリストが湖上を歩いたように、わたしは自分のヴィジョンのなかを歩く。
しかしわたしは十字架から降りてきた。高みを恐れ、復活を口にしないから。
自分の心臓の音をはっきりと聴きとろうと、ただ自分の調子を変えてみた。
英雄には鷲がつきもの、わたしには鳩の首飾り。
屋根の向こうに捨てられた星、港に出て終わる路地。
この海はわたしのものだ。この新鮮な大気も。
この舗道も、わたしの歩みと種の散らばりもわたしのもの。
古いバス停もわたしのもの。
わが亡霊も　その主も。
銅の壺も「王座の句」も鍵もわたしのもの。
扉も護衛も鐘もわたしのもの。
城壁を飛び越えた馬蹄もわたしのもの。

過去にわたしのものだったものすべてはわたしのもの。
新約聖書から切り取られた頁もわたしのもの。
わが家の壁につけた涙の塩の跡もわたしのもの。
横並びの五文字からなるわたしの名前は、たとえ読み間違ったとしても、やはり
　わたしのもの。
مミームは狂気の愛、孤児、過去をなしとげた者。
حハーウは庭園、愛されし者、二つの当惑と二つの労。
مミームは冒険家、欲望の病。告知された死に備える亡命者。
وワーウは別れ、中心なす薔薇、誕生のさいの誓い、父母の約束。
دダールは導き、道、崩れた家屋の悲しみ、わたしに阿《おもね》り、わたしを血で汚すス
　ズメの悲しみ。
この名前は友人の名前、彼がどこにいようと、しかもわたしの名前。
仮初《かりそめ》の軀でもわたしの軀だ、眼の前にあろうがなかろうが。
今では二メートルの土地で充分。
わたしには一メートル七五で充分だ。
後は鮮やかな花が咲き乱れて、わたしの軀をゆっくりと呑みこんでゆけばいい。

わたしのものだ、かつてわたしのものだった昨日も、
これからわたしのものとなる遠い明日も、
何ごともなかったかのように戻ってくる彷徨える魂も。

そう、何ごともなかったかのように。

愚かしい現在の腕を薄切り。

歴史は犠牲者も英雄も嘲笑う。

彼らに一瞥をくれて　過ぎてゆく。

この海はわたしのもの。この新鮮な大気も。

そしてわたしの名前は、棺に刻まれた名前を読み間違ったとしても、やはりわたしのもの。

わたしはといえば、旅立ちの理由でいっぱいだ。

わたしはわたしのものではない。

わたしはわたしのものではない。

わたしはわたしのものではない。


「壁に描く」を翻訳している間、わたしが圧倒させられたのは、ダルウィーシュの背

景にある神話的・文学的教養の広大さと深さであった。短い詩の場合にはそれほどでもないが、とりわけこのような長篇詩ともなると、詩人がこれまでの文学的経験のすべてを投入し、夢とも現実ともつかないエクリチュールにあって、それが渾然一体の態をなしている。早い話が冒頭の女性の科白《せりふ》である。ダルウィーシュの心臓発作とその後の入院生活を契機として、この詩が執筆されたことをあらかじめ知らされていたので、ひとまずはその状況にそって、病院の看護師の言葉として訳してみた。だが詩の全体がダンテの『神曲』、とりわけ煉獄篇と天国篇への含意を強く抱いていると知り、さらにその背後にダンテに影響を与えた中世イスラムの天界旅行記といった神秘主義文学が横たわっていると知らされた後では、おのずから翻訳の姿勢を改めなければならなくなった。『コヘレトの言葉』や『雅歌』といった旧約文学から、イエーツ、T・S・エリオットといった二〇世紀の象徴詩、モダニズム詩への言及も、なんとか咀嚼して、翻訳に反映を試みようと努めてみた。ちなみに今、仮初に「壁に描く」という邦題を与えてみたが、アラビア語の現題「ジダリーヤ」は直訳すると「壁のような」「壁画」の意味である。

だがこの詩人はさらに手ごわく、「壁に描く」には人類最古の叙事詩といわれる『ギルガメッシュ』はもとより、古代カレーンの神話、前イスラム期のジャーヒリーヤ詩の詩的伝統、そして『コーラン』といったテクストの引用言及までが溢れている。これは意識的にパレスチナの土地の精霊《ゲニウス・ロキ》の物語を背負いこみ、その延長上において詩作を続けていこうとする詩人の姿勢を物語っている。パレスチナとは二〇世紀の中ごろに偶然の惨事から有名となった政治的軍事的空間などではなく、旧約聖書よりも二千年も以前から豊かな神話的想像力の跳梁する場所であったという確信が、ダルウィーシュに月の女神アナットへの連禱の詩を執筆させた。また政治的受難から失意のうちに身罷った王子イムルウ・ル・カイスの詩への共感を、作品として結実させた。ある時期からのダルウィーシュには、パレスチナの詩的伝統と集合的記憶とを積極的に担おうという姿勢が、顕著になっている。

アラビア語では証言を行なうことを、一般的に「シャヒダ」という。墓石や碑文を示す「シャーヒド」はここから来ている。また殉教という意味の「シャヒード」との距離も大きくはない。かつてT・S・エリオットは晩年の『四つの四重奏』の『リトル・ギディング』のなかで、「あらゆる詩は碑文である」と書き記したことがあった。本書を手にした読者は、まさしくこの一行こそがダルウィーシュの全詩集を要約していることを知るだろう。「墓とは詩だ」と彼は記す。詩を書きつけることとは証言の場所に立つことだという、ホメロス以来の古典的真実を、このパレスチナの詩人はまさしく困難な現在にあって体現しているのである。

長々と「壁に描く」について書いてきたが、ここで彼がこの大作を書き上げた後、最晩年に刊行した詩集『してしまったことに言い訳などしてはいけない』*La ta'tazer 'amma fa'alta*（2003）から三篇を部分的に引用し、詩人ダルウィーシュの到達点を素描しておきたい。まずは「韻律がわたしを選ぶ」という作品。

韻律がわたしを選ぶ、わたしを窒息させる
わたしとはヴァイオリンの逆立つ噴出だ、演奏者ではない
わたしとは立ち現われてくる記憶
わたしを通して発語される事物の響きだ
そしてわたしは発語する……

もはや語り手は「わたし」に拘泥しようとは考えていない。ここが「わたしはある日、なりたいものとなる。」という連禱のある「壁に描く」とは異なっている。「わたし」はそれ自体が空無の存在で、「事物の響き」である。だがそれゆえに、さまざま

な人格を招き寄せ、その声になり代ることができる。

わが兄弟よ！　わたしはきみの妹なので
彼女の名を唱え　あふれ出る言葉の涙に叫ぶ
ザンザラクトの幹が
雲に向って伸びていくのを見るたびに
わたしは母の心が　自分のなかで
震えているのがわかる
わたしは離婚した女なので、
彼女の名を唱え　蟬の暗闇を呪う
月に据えられた鏡を見るたびに
悪魔がわたしを睨みつけているのを
見るのが好きだ
でも　お前は戻るまい
わたしが去ったときと同じようには
お前は戻るまい　わたしだって戻らないよ

こうして韻律が円環を閉じ
またしてもわたしを窒息させる……

短い詩のなかでは複数の声が語っている。語り手はその妹になったり、物故して久しい母親になり代ったりする。詩とは内面化された対話なのだ。「壁に描く」において死を前にした独白に終始した詩人は、もはや過去とも現在とも分かちがたい場所に立って、声を自在に変換している。忘れてはならないのは、この詩が同時に詩論としても構築されているということだ。それはアラブ詩の韻律から狭小なる主体を解き放ち、噴出する声に身を任せようとする試みでもある。
次に「彼らは死んだらどうなるとは尋ねなかった」という詩を読んでみよう。

彼らは死んだらどうなるとは尋ねなかった。地上の書物よりも
天国の地図の方を　もっとよく憶えていて、
別の問いのことで消耗していた。
今回の死の前には何をしようか？　今われわれが
生きている、いや、生きてさえいない生のすぐ側で。

まるでわれわれの生が不動産の神様に見放された運命で、
塵埃《ゴミ》と昔馴染みであるかのようだ。

「殉教者」たろうとして死に急ぎ、平然と自爆攻撃に参加する若者たちを諌める詩篇である。この詩を含む詩集が二〇〇三年に刊行されていることを、ここで想起しなければならない。それはパレスチナ人のイスラエル領内における自爆攻撃がもっとも盛んであった数年間である（いささか個人的な話で恐縮だが、わたしがテルアヴィヴ大学客員教授として彼の地に滞在した二〇〇四年は、まさにその時期に当たっていた。テルアヴィヴの到着そうそう、わたしは領事館からけっしてバスには乗らないようにと勧告を受けた。わたしがこの都市を去った翌日、通い慣れていたバスターミナルが爆破された）。
だがダルウィーシュは自爆攻撃に向かう若者たちを単に非難しているわけではない。逆に、彼らの存在に目を瞑り、彼らに向かい合うことを回避している知識人や芸術家に対し、それでいいのかと問いかけている。

われわれの生は歴史家の夜には重荷だ。「彼らを
隠そうとすると、いつもいないはずの彼らが視界に入って来る。」

われわれの生は芸術家には重荷だ。「彼らの絵を描いたなら、
彼らの身内になってしまい、霧に覆われてしまう。」
われわれの生は一般人には重荷だ。「幽霊の軀から
血が流れるわけはないじゃないか。」　われわれの生は
われわれが望むようであるべきだ。われわれは他でもない、
今回の死の後に起きる復活に気を留め……ただちょっと生きたいだけなのだ、

血気盛んな若者たちは、かならずしも深い学識や信仰があるわけではない。ダルウ
イーシュはもう一度、彼らに声に耳を傾ける。

彼らは深い考えもなく哲学者の言葉を引く。
「死はわれわれにとって何ごとでもない。われわれがいるとき、
死はいない。死がいるとき、もうわれわれはいない。」
それから自分たちの夢を
別の流儀で組み直す。立ったまま眠るのだ！

最後に詩集の表題となった「してしまったことに言い訳などしてはいけない」を読んでみる。生涯の終わりに詩人を訪れてきた記憶が、ここではアトランダムに羅列され、あらためて自戒の念が口にされる。

してしまったことに言い訳などしてはいけない、
わたしは自分にいう。もう一人のわたしに。
さあ、これがきみの記憶だ、みんなお見通し。
猫のけだるさ　昼下がりの退屈、
雄鶏の鶏冠《とさか》、
セージの香り、
母の煎れてくれたコーヒー、
藁の茣蓙《ござ》と枕、
きみの部屋のメタルのドア、
ソクラテスのまわりを廻る蠅、
プラトンの頭上の雲、
ハマサ・アル・ディワン、

父の肖像、
外国百科事典、
シェイクスピア、
三人兄弟、それから三人姉妹、
きみの幼馴染の友だち、それから煩《うるさ》い連中、

ハマサ・アル・ディワンとはアッバース朝詩人、アブ・タンマームが九世紀に編纂したアラビア詩の選詩集である。ここではまあ、日本でいう『古今和歌集』のようなものだと思っていただきたい。ダルウィーシュはこうして、自分の詩的宇宙を築き上げてきた三つの要素、ギリシャの古典文学、アラブの詩的伝統、近代ヨーロッパの文学を統合した場所に自分が立っていることを確認した後に、自分の全人生をほろ苦いユーモアのもとに振り返っている。ここでも独白は分身との対話である。

あいつのことか？　違うと目撃者はいう。
たぶん　あいつみたいだ。誰？　と、わたし。
返事なし。そんなわけで、わたしは分身に囁《ささや》く。

あれは昔のきみ……つまりわたしだろ？　しかし分身はわたしと目を合わせない。そこで人々が母のところへやって来て、あれは息子さんですかと確かめに来る。

……母は歌を歌う準備ができている、
自分流に。わたしはあの子を産んだ母親だけど、風があの子を攫《さら》って育てたのよ。

そこでわたしは自分にいった。

言い訳をしていいのは母親に対してだけなんだよ。


『してしまったことに言い訳などしてはいけない』はダルウィーシュの〈白鳥の歌〉ともいうべき詩集であり、どこまでも魅力が尽きない。いつかその全容を日本語で紹介できる日が来ることを、筆者は待ちたいと思う。

＊

マフムード・ダルウィーシュが二〇〇八年八月に他界してから、すでに短くない歳月が経とうとしている。二〇〇三年に『してしまったことに言い訳などしてはいけない』というアラビア語の詩集を上梓した五年後、積年の心臓疾患を治療するためテキサスの病院で手術を受けたのが仇となった。アラブ諸国ではアラビア語で書く現代最大の詩人が逝去したというので大掛かりな追悼がなされたと聞いたが、日本では寡聞にして、およそ詩を書く者で彼を悼む文章を執筆した人はなかったと思う。わずかに彼が一九七四年にアジア・アフリカ作家会議に招かれて、アドニスとともに訪日し、広島を訪問したことについての、研究家の論考が発表されたばかりであった。来日時に英訳を通して二人の詩篇が何篇か翻訳されたが、それ以来、本訳書の原型となる訳詩集が、二〇〇六年に刊行されるまでまとまった形で彼らの詩業を顕彰し、翻訳紹介する作業は、日本では行なわれてこなかった。

ダルウィーシュは幸か不幸か、二〇二三年一〇月に始まる、イスラエルの大がかりなガザ侵攻と虐殺を知ることなく旅立った。彼は最晩年の二〇〇七年、ハイファで開催された朗読会の席上で、「ファタハとハマスの党派的対立暴力は「街角での自殺行為」」だと批判した。もし彼がこの侵攻を耳にしていたらイスラエルに対して強烈な皮肉を口にしただろうか。それともいつも以上に悲痛な表情を示し、押し黙ったままでいただろうか。

本書の原型となったのは、二〇〇六年に書肆山田から刊行された『壁に描く』である。

本書に収録した詩篇について、出典を記しておきたい。

「道のなかにさらなる道」「この大地にあって」「また野蛮人がやって来る」「死んでいるわたしが好き」「山裾の上、海よりも高く、彼らは眠った」「あそこに夜が」「アデンに行った」は、『少なくなった薔薇』*Ward aqall* (*Fewer roses*), 1986から採った。「異邦人に馬を」は『十一の星』*Ahad 'asher kaukaban* (*Eleven planets*), 1992から、「敵が遠ざかると」「アナット変幻」「イムルウ・ル・カイスの、言葉によらない論争」は『どうして馬を置き去りにしたのか』*Limadha tarakt al-hissan wahidan* (*Why Did You Leave the Horse Alone?*), 1995.から採った。「壁に描く」は二〇〇〇年に刊行された、同名の長編詩*Jidariyya* (*Mural*), 2000である。

翻訳にあたっては*Unfortunately, It Was Paradise*, Translated by Munir Akash and Carolyn Forché, University of California Press, 2003を参照した。ほかにエリアス・サンバール、サルゴン・ブロス、タヒア・ハレド・アブドゥルナセル、フサイン・ハダウィ、シナム・アントゥン、ファディ・ジュダーといった仏訳者、英訳者の翻訳も参考とした。本解説執筆にあたっては、英訳詩集『二つのエデンのアダム』の翻訳者ムニル・アカシュによるダルウィーシュの年譜と論考に教えられるところが少なくなかった。

二〇二三年一〇月七日に始まるイスラエル軍のガザ空爆と侵攻のさなか、慌しくも困難な状況のなかで本訳書を編集してくださった永田士郎氏に感謝したい。

訳者記

二〇二四年五月九日

「道のなかにさらなる道」	Another Road in the Road
「この大地にあって」	On This Earth
「また野蛮人がやって来る」	Other Barbarians Will Come
「死んでいるわたしが好き」	They Would Love to See Me Dead
「山裾の上、海よりも高く、彼らは眠った」	When the Martyrs Go to Sleep
「あそこに夜が」	The Night There
「アデンに行った」	We Went to Aden
「敵が遠ざかると」	…As He Draws Away
「アナット変幻」	The Phases of Anat
「イムルウ・ル・カイスの、言葉によらない論争」	A Non-linguistic Dispute with Imru' alQays
「異邦人に馬を」	A Horse For the stranger
「壁に描く」	Mural

本書は、二〇〇六年八月三〇日に書肆山田より刊行された『壁に描く』を文庫化したものです。

ちくま文庫

パレスチナ詩集《ししゅう》

二〇二四年七月十日　第一刷発行

著者　マフムード・ダルウィーシュ
訳者　四方田犬彦（よもた・いぬひこ）
発行者　喜入冬子
発行所　株式会社　筑摩書房
東京都台東区蔵前二―五―三　〒一一一―八七五五
電話番号　〇三―五六八七―二六〇一（代表）
装幀者　安野光雅
印刷所　中央精版印刷株式会社
製本所　中央精版印刷株式会社

ISBN978-4-480-43953-6 C0198